Oliver Russo

------- FriscoBo, ich und mein Glück -------

© Oliver Russo, Villingen-Schwenningen, 2002
Alle Rechte liegen beim Autor
Herstellung: Books on Demand GmbH, Norderstedt
ISBN 3-8311-4122-3

Die Abreise

„Donna! Bitte, beeile dich!"

„Gleich! Ich hab ihn hier, irgendwo."

„Verdammt, komm endlich!"

„Nur die Ruhe. Was soll die Panik?"

„Hahaha, was soll die Panik fragt sie.", sagte er leise und mit einem gequälten Lachen zu sich selbst. Wütend rüttelte er am Träger seiner großen Sporttasche, worin sich seine gesamte Garderobe befand. Trotz des Gewichts machte sie einen großen Satz unter dem Zug. „Was meinst du denn, he?", schrie er verärgert und schüttelte verständnislos den Kopf. Glaubte sie tatsächlich all das hier sei eine kleine Party?

Steves Angst und Nervosität hätten auch ausgereicht um aus einem ganzen Platoon hartgesottener Marines ein verängstigtes Häufchen zu machen. Doch nichts desto trotz hatte er sich, nachdem der Entschluß erst einmal gefallen war, nie die Frage gestellt welcher irre Trip sie bloß dazu gebracht hatte diese Sache durchzuziehen.

Wie dem auch sei, nun war es ohnehin zu spät um noch etwas daran zu ändern. Sie hatten es nunmal getan. Eine gewaltige, wenn nicht gar die größte Lieferung ihrer Laufbahn als Kuriere einer besonderen Fracht, lag vor Steve auf dem Boden. Anders gesagt: Koks, rein, unschuldig und mit einem Marktwert von etwa zwei Millionen Dollar nach Donnas Schätzung.

Steve hatte die prallgefüllte Reisetasche lange und intensiv angeschaut, angestarrt – durchleuchtet. Es war ihm alles so skurril und unwirklich vorgekommen. Ein gewaltiges Vermögen lag auf dem Fußboden einer Wohnung die wohl selbst die meisten Obdachlosen abgelehnt hätten. Während dieser Zeit waren Steves Gedanken zwischen den größten Extremen hin und her gerissen. So träumte er von einer gesicherten, glücklichen Zukunft. Er sah sich selbst und Donna. Weit weg im Süden.

An einem menschenleeren Ort würden sie Spaziergänge am Strand machen und sich an ihr vergangenes Leben nur mehr dunkel erinnern. Vielleicht ein blasser Nebel aus vergangenen Tagen, aber sicher nicht mehr.

Doch eben so schnell wie die Gedanken sich in das zukünftige Paradies geflüchtet hatten, wurden sie nun mit aller Härte in eine finstere und brutale Wahrheit zurückgerissen. Steve stellte sich vor, was mit ihnen geschehen würde, sollte ihr Arbeitgeber rechtzeitig von ihrem Verrat erfahren. Augenblicklich bildeten sich neue Schweißperlen der Angst auf seiner Stirn und eine bisher unbekannte Furcht durchflutete seine Augen. Wie aus einem albtraumdurchwachsenen Schlaf wachte er auf. Bemüht um größte Eile.

Jedoch selbst in dieser Stunde, in der alles, aber auch alles auf dem Spiel stand, konnte Donna nicht auf eine gewisse Sache verzichten. Um so erstaunlicher, wenn man sie und ihre Natur besser kannte. Nachdem sie auf dem College eine Menge Probleme mit Drogen und der herrschenden Autorität hatte, schließlich ohne Abschluß abgegangen war, hatte ihr Leben einen ganz bestimmten Weg eingeschlagen. Donna war lange Zeit mehr oder minder obdachlos gewesen und hatte mit dem Rucksack das Land durchstreift. Mäßig finanziert durch kleine, schäbige Beschäftigungsverhältnisse.

Wobei aus der Not im Laufe der Zeit eine Tugend geworden war. Besitz war für sie seit jener Zeit nicht mehr von großer Bedeutung. Nur an dieser einen

Erinnerung von Harmonie und einer Zeit ohne Sorgen hing sie mehr als an allem anderen. Möglicherweise sogar Steve miteingeschlossen. Der kleine Teddybär Bo war ihr heilig. Er begleitete sie solange sie denken konnte. Er war überall an ihrer Seite gewesen, hatte ihr durch schlimme Zeiten geholfen und durfte auch jetzt nicht fehlen.

„Siehst du. Ich hab ihn. Los laß uns gehen."
Freudig kam Donna aus dem Schlafzimmer und selbst Bo, von den heruntergestürzten Kleidungsstücken befreit, schien mit seinen Knopfaugen über das ganze Plüschgesicht zu strahlen.
Erleichtert griff sich Steve die Tasche gefüllt mit vielen kleinen Päckchen und ging schnell voran. Ohne zu zögern folgte ihm Donna, die ihrerseits eine Trägertasche mit ihrem spärlichen Hab und Gut geschultert hatte. Und natürlich mit Bo in ihrer Hand.
Ohne sich ein letztes Mal umzublicken traten sie durch die Tür. Gingen eiligst den Hausgang entlang, der von etlichen Apartments flankiert wurde und stockdunkel war, da der Hauswart mal wieder keinen Cent in neue Glühbirnen investieren wollte.
Die hastigen Schritte polterten auf der alten maroden Holztreppe und das Geräusch bahnte sich im Treppenhaus unaufhaltsam seinen Weg nach oben.
Für einen Moment empfand Steve das beunruhigende Gefühl ein weiteres Paar eiliger Füße hinter sich zu hören. Etwa vor einer Stunde hätten sie normalerweise die Ladung Koks an ihrem Bestimmungsort abliefern sollen. Sicherlich ahnte der Boß bereits, was tatsächlich geschehen war. Und vermutlich hatte er schon vor mehr als fünfzig Minuten seine gesamte Handlangerschaft in Marsch gesetzt. Mit einer ihn selbst verwundernden Gelassenheit, entledigte sich Steve jedoch dieser Gedanken,

konzentrierte sich auf die nur schemenhaft erkennbaren Stufen und nahm mit einem Sprung einen weiteren Absatz. Nun rannten sie schon fast die Treppe hinunter und entgingen ein ums andere Mal nur knapp einem schmerzhaften Sturz. Doch dann, als wären sie einem schwarzen, bedrückenden Loch entstiegen, traten sie aus der Tür. Es war mitten in der Nacht. Und doch wirkten die hoch aufgehängten Straßenlaternen, einer nahen Straßenkreuzung beinahe wie die grelle Mittagssonne. Es brauchte einen Moment ehe sich die Augen den Lichtverhältnissen angepaßt hatten und sie die Nacht für ebenso dunkel hielten wie jeder andere der in diesen Stunden unterwegs war. Es nieselte ein wenig und auf dem feuchten, von Schlaglöchern durchsetzten Asphalt, spiegelten sich die letzten Lichter.

Schnell, ohne ein Wort zu sagen, gingen die beiden um die Ecke einen Hinterhof entlang, der in Sachen bedrückender Dunkelheit dem Treppenhaus in nichts nachstand. Dort hatten sie ihren Wagen geparkt. Direkt unter einer Feuerleiter stand das altersschwache Coupé. Alles in allem hätte den beiden ihr Fang spätestens zu diesem Zeitpunkt ein wenig merkwürdig erscheinen müssen.

Schließlich sahen weder sie noch ihr Gefährt nach Kurieren aus, die ein paar Millionen durch die Gegend schaukelten. Dabei war es gut möglich, dass gerade dies der beste Einfall vom Boß gewesen war. Donna und Steve konnten es nur ahnen, aber mittlerweile glaubten sie, dass man ihnen schon viel häufiger Stoff dieses Wertes anvertraut hatte. Um ein vielfaches mehr als ihnen stets gesagt worden war. Je häufiger sich Donna mit diesem Gedanken beschäftigte, um so größer wurde die Freude an dem was sie taten. Schließlich wären sie als Überbringer eines solchen

Vermögens weit länger verknackt worden als für die vermeintliche Menge. Donna genoß es sich zu rächen.

Sie stiegen ein und Steve startete den Motor. Ein brummelndes Grollen erfüllte den Hinterhof und drang bis zur Straße. Wie ein bedrohlicher Wachhund, der nur darauf wartet aus seiner dunklen Hütte hervorzustürzen. Die Scheinwerfer folgten, blitzten auf und breite Strahlen fraßen sich weit durch die Finsternis. Man konnte nun die vielen kleinen Pfützen des Hofs und die gemauerten Wände an dessen Seiten erkennen. Sie fuhren los; auf die Straße und nahmen den nächstbesten Weg gen Osten. Erst jetzt, als sie ruhig auf den breiten Sitzen saßen und leise Radio hörten, entspannten sie sich wirklich. Donna blickte zu Steve und Steve blickte zu ihr. Sie lächelten erleichtert, befreit – hoffnungsvoll. Sie hatten es geschafft.

Feierabend

Für Frank Potter bedeuteten profane Dinge wie diese bereits großes Glück. Einfach am Abend auf dem gemütlichen Sofa sitzen, die Füße hochlegen zu können. Vielleicht noch mit einem kühlen Bier in der Nähe und natürlich seine Frau eng neben sich. Mehr brauchte - mehr wollte Frank gar nicht um glücklich zu sein.

Wie jeden Abend saßen sie auch an diesem wieder zusammen und schauten sich die Spätnachrichten an. Frank war müde und ausgelaugt. Er freute sich bereits auf das Bett und das schöne Gefühl das einen befällt sobald man nach einem harten Tag die Beine zum ersten Mal vollends ausstrecken kann. Dennoch war er noch wach genug um die Nachrichten zu verfolgen und nicht einzuschlafen wie an manch anderen Tagen. Er hatte den linken Arm um die Schulter seiner Frau gelegt. Mit der rechten hielt er sein Feierabendbier.

Nachdem die Nachrichtensprecherin Berichte über die Weltpolitik, irgendwelche obskuren Protestaktionen von Umweltschützern und die tägliche Tragödie armer Länder vorgelesen und dazu mehr als anschauliche Bilder gezeigt worden waren, kam sie zu den Lokalnachrichten.

„Gegen Nachmittag wurden heute am Güterbahnhof zwei Leichen entdeckt. Obwohl die Ermittlungen gerade erst angelaufen sind, vermutet die Polizei, dass es sich um Morde handelt, die dem organisierten Verbrechen zugeschrieben werden können. – Die

Opfer, ein Mann und eine Frau – hier die ersten Aufnahmen vom Tatort, wurden regelrecht exekutiert. Ein Bahnbediensteter fand die gefesselten und durch Nackenschüsse gezeichneten Körper in einem alten Gebäude, das in zwei Tagen gesprengt werden sollte. — Und nun zum Wetter: Durch ein Tief das die San Francisco Bay morgen erreichen ....."

Geschockt übertönte Emilie den ohnehin nicht lauten Fernseher. „Mein Gott ist das wieder schrecklich. Die waren sicher noch nichtmal fünfundzwanzig. Das ist doch der reinste Wahnsinn der dort draußen passiert!", sagte sie mit verständnisloser Verachtung.

„Ja, - das ist es wohl.", antwortete ihr Frank nach einer kleinen Pause teilnahmslos. „Das ist es wohl."
Sie schwiegen einen Moment und verfolgten noch den Rest des Wetterberichts. Zusammen mit den jugendlichen Söhnen hatten sie für das Wochenende ein Picknick in den Hügeln zwischen Frisco und Sacramento geplant und hofften, dass ihnen das Wetter keinen Strich durch die Rechnung machen würde. Es sah nicht danach aus und Emily verspürte keine Lust mehr länger aufzubleiben. Sie streichelte Frank die Wange, küßte ihn und stand auf.

„Schau du nur weiter, ich für meinen Teil hab heute genug gesehen."
Frank blickte kurz auf: „Ich komme auch gleich Schatz."

Eine halbe Stunde später, er war nun doch für ein paar Minuten vorm laufenden Fernseher eingenickt, ging Frank müde ins Bad, putzte sich die Zähne und wusch sich mit kaltem Wasser das Gesicht. Lange ruhten seine Hände auf den Augenhöhlen und glitten erst langsam nach unten während er sich im Spiegel betrachtete. Mit seinem schwarzen Haar, das an einigen Stellen ergraut war und dem kantigen Gesicht sah er heute älter aus als gewöhnlich, wie er fand. Müde und traurig blickte ihn sein Spiegelbild an.

Ein fast stoßendes Ausatmen beendete die Selbstbetrachtung. Das Licht wurde ausgeknipst und er trottete nach nebenan zum Bett, wo seine Frau bereits tief schlief. Nichts anderes hätte Frank nun lieber getan als lange und erholsam zu schlafen. Doch auch wenn er die Augen schloß und einschlief, war es eine unruhige, wohl kaum erquickende Ruhe.

Ein fetter Truthahn

Frank war schon seit vielen Jahren, Ewigkeiten wie er sagen würde, im Geschäft. In einem Geschäft von dem kaum jemand und am wenigsten seine Frau, etwas ahnte oder gar wußte.

Durch diese Beschäftigung hatte es der ältere Mann zu einem mehr als gesicherten Leben und einem beträchtlichen Respekt in gewissen Kreisen gebracht. Frank gehörte zum erlauchten Zirkel derjenigen, die dem Boß so nahe standen um von ihm Freund genannt zu werden. Der Boß, der den Spitznamen Big Daddy trug, davon jedoch nie etwas erfuhr und als Jugendlicher noch als harmloser Ricky Fartoni durch die Gassen und Hinterhöfe Friscos gezogen war, gehörte zu den ganz Großen der Millionenmetropole. Auf verworrenen Wegen, die noch dazu dunkel waren und die bisher kein Finanzbeamten durchleuchtet hatte, steckte er so ziemlich in jedem Geschäft das Profit versprach. Vom Autodiebstahl und Schutzgelderpressung über Drogenhandel, Immobilien, bis hin zu der Beteiligung an legalen Geschäften und Projekten. Nur aus einer Sache hielt er sich prinzipiell und strikt heraus: der Prostitution. Keiner wußte so recht warum, denn schließlich war dort mit minimalem Aufwand relativ viel Geld zu machen. Außerdem war das Risiko praktisch nicht vorhanden. Doch wie viele vermuteten, lag der Grund für diese Zurückhaltung in Big Daddys Vergangenheit begraben und jenes Geheimnis schien er zu hüten wie sonst nichts auf der Welt. Er war der Sohn einer Prostituierten. Einer armen Frau die sonst keine Möglichkeit gesehen hatte sich in einer durch und durch grausamen Welt durchzusetzen. Als Ricky sieben Jahre alt gewesen war, hatte seine Mutter erfahren, dass sie sich mit HIV infiziert hatte. Ricky wurde weggeben und sah sie nie wieder.

Heute versuchte er alle Erinnerungen aus seinem Gedächtnis zu streichen, oder, wenn es nicht funktionierte, sie zumindest unter anderen zu begraben. Und das klappte meistens. Nur in manchen Nächten. In denen er sich in seinem riesigen Bett hin und her wälzte, drangen die erschreckenden Bilder und Visionen vom bitteren und einsamen Ende seiner Mutter in ihm hoch, griffen nach ihm und ließen ihn schweißgebadet aufschrecken.

Im alltäglichen, geschäftlichen Leben verlief jedoch auch nicht immer alles so wie er es sich vorstellte. Im Grunde waren viele der Schwierigkeiten sogar hausgemacht. Man kennt das ja. Sobald eine Einrichtung eine gewisse Größe erreicht hat versuchen manche dies zu ihrem Vorteil zu nutzen. In der Annahme man könne mittlerweile nur schwer die ganze Breite überblicken, entstehen quasi kleine Filialen, die jedoch mehr in die eigenen Taschen arbeiten als ihren wirklichen Arbeitgeber zum Nutzen zu gereichen.

So wie es auch Donna und Steve versucht hatten. Doch war dieser kleine Ausflug ja schnell und abrupt gestoppt worden. Mit einem zufriedenen Lächeln hatte Big Daddy Frank und seinen jungen Partner Mikey noch am selben Abend empfangen um sich ihre Erfolgsmeldung anzuhören. Im Grunde wäre dies kaum nötig gewesen, denn Frank hatte ihn noch nie enttäuscht. Und auch das kleine Mißgeschick, der schnelle Fund der Leichen, stellte sich im Nachhinein eher als ein Vorteil heraus. Schließlich hatte man mit jener Aktion mehr beabsichtigt als nur den Stoff zurück zu bekommen. Eine gewisse Signalwirkung würde ganz bestimmt Früchte tragen. Mit den unterstützenden Bildern der Nachrichten konnte nun jeder der mit einem ähnlichen Gedanken gespielt hatte und sei es auch nur im Vollrausch, sehen was passieren würde, sollte er oder sie an der Planung festhalten.

Und da Big Daddy eben so zufrieden mit den beiden war, beauftragte er sie am nächsten Tag gleich mit der folgenden, höchst wichtigen Angelegenheit. Wie zu einer behördlichen Dienstbesprechung wurde Frank kurz in eines der Büros gebeten.

Durch seine Informanten die zuhauf in den unmöglichsten Positionen in der Stadt saßen, erfuhr Big Daddy von einem gewissen Francis. Eigentlich einer viel zu kleinen Nummer um sich mit ihr persönlich auseinander zu setzen. Jedoch betraf diese Sache eine Verhandlung die für den Mafioso womöglich weit gefährlicher werden konnte als die Staatsanwälte vermuteten. Jedenfalls raunte man sich zu, dass eben dieser Francis einer der Hauptzeugen sein sollte, ohne jedoch direkt vor Gericht zu erscheinen.

Nun war es an Frank und Mickey sich der Sache anzunehmen.

„Du weißt ja wie der Hase läuft. Vermittelt ihm den Eindruck, dass es nur ungesund sein kann gegen mich auszusagen. Allein schon, dass er glaubt er könne so einfach losplappern ist eine infame Beleidigung!", sagte Big Daddy gelassen. Der Mann mit den schwarzen Haaren und den weißen Schläfen vermochte sich meistens unter Kontrolle zu halten. Egal wie groß der Ärger war. Jene die miterlebt oder gar die Ursache für Wutausbrüche gewesen waren hatten dies meist bitter bereut und nur schwerlich davon berichten können.

Mikey wartete bereits unten im Wagen. Der junge Mann mit den halblangen Haaren die immer danach ausschauten als seien sie ein wenig feucht, war das krasse Gegenteil seines Partners. Wenn Mikey seiner bisherigen Karriere entsprechend, eher nach einem Taugenichts und kleinen Nummer aussah, die sich allenfalls mit simplen Brüchen und dem Verhökern von Autoradios beschäftigt hatte, war Frank nicht nur dank der präsenten Anzüge der gebildete Geschäftsmann, für den ihn seine Frau hielt.
Frank hatte eine gute Schulbildung genossen und war, in gewissem Maße selbstverständlich, dazu bereit auf Gewalt zu verzichten.
Ohne Worte ließ sich Frank auf dem Beifahrersitz nieder. Auf den fragenden Blick von Mikey reagierte er nur mit einem Fingerzeig, - geradeaus. Und sein Fahrer fuhr los.

Nun sollten sie dem singenden Vöglein verdeutlichen, dass die Stange auf der es saß einige Etagen zu hoch und seine Lieder obendrein viel zu laut waren. Auch wenn Frank nach der Beschreibung von Francis eher mit einem fetten Truthahn rechnete, als mit einem lieblichen Piepmatz.

Offensichtlich waren sich die ermittelnden Behörden nicht mal annähernd darüber im klaren an welchem Sockel sie gerüttelt hatten. Womöglich sollte Francis nur einen von Big Daddys Handlangern verpfeifen oder einem befreundeten Geschäftsmann auf die Füße treten. Anders wäre das unvorsichtige Verhalten nicht zu erklären gewesen. Die Polizei hatte ihn ohne großen Aufwand verhört, ihm einige Zugeständnisse gemacht und ihn anschließend wieder in die gemeine Welt dort draußen entlassen. – Ein gefundenes Fressen für Vogelräuber.

Bei einer nicht unähnlichen Beschäftigung erwischten sie ihn dann schließlich auch in einem Fast Food Restaurant. Es war alles so einfach gewesen. Das Einzige was sie zu tun gehabt hatten, war sich bei ein paar Leuten nach Francis umzuhören und schon kannten sie seine Gewohnheiten und letztlich seinen Aufenthaltsort.

Es war noch recht früh an diesem Morgen und nachdem der Andrang durch die erste Frühstückswelle abgeflaut war, fand man leicht freie Tische. Francis, der mit seinen weit über 1,90 Körpergröße schon die halbe Eckbank ausfüllte in der er saß, hatte sich ein schönes Menü zusammen gestellt und ließ sich viel Zeit während er den Verkehr draußen auf der Straße beobachtete. Auch ihm schienen die möglichen Folgen des Deals mit der Polizei nicht klar zu sein. Nichtmal ein Hauch von Besorgnis konnte seinen Hunger bremsen; hatte die Kantine der Untersuchungshaft doch auch reichlich zu wünschen lassen. Und auch die gestrigen Spätnachrichten verursachten keine neuen Zweifel, grademal den verkümmerten Rest von blassem Mitleid.

Frank und Mikey betraten das Restaurant in einem Abstand von etwa zwei Minuten. Sie hatten Glück. Die Tatsache, dass sich an der Fensterfront die Sitzecken aneinanderreihten und man sich beispielsweise Rücken an Rücken setzen konnte, kam ihrem Vorhaben nur zu Gute. Frank kam herein und steuerte die Sitzbank hinter Francis an. Noch ehe er richtig saß und den Knopf seines Jacketts geöffnet hatte, erschien schon die Bedienung und rang ihm auch gleich eine Bestellung ab. Salat mit Schrimps. Die Geschwindigkeit in der er den Teller vor sich stehen hatte, führte nicht gerade dazu Vorurteile, die er über solche Läden nunmal hatte, abzulegen. Er prüfte mit der Gabel die fast schon leuchtend grünen Blätter auf ihre Knackigkeit noch bevor er Mikey durch die Tür kommen sah.

Letztendlich war der Salat und das Dressing gar nicht mal so übel. Nur die Meeresfrüchte veranlaßten ihn zu dem Gedanken, mit dem Gewässer das solche Früchte in sich birgt, nicht näher in Kontakt zu geraten. Frank steckte sich gerade die Gabel in den Mund als sich Mikey in der Sitzecke vor Francis nieder ließ.

Der Ärmste war eingekreist und wußte noch nicht mal etwas davon. Seelenruhig verleibte er sich einen Cheeseburger nach dem anderen ein. Süffelte an der kühlen Coke und wischte sich hin und wieder Ketchup und Senf von den Lippen.

Mikey spielte den völlig Unbeteiligten und flirtete mit der Bedienung statt sich um den großen Mann zu kümmern. Die Beobachtung nahm Frank in die Hand.

„Na, wann haben Sie denn Schluß?", fragte Mikey als die Serviererin ihm einen Milchschake brachte. Selbst für seine Verhältnisse stellte er sich ungeschickt an. Er sog das Milchgetränk vermeintlich verführerisch durch den Strohhalm und zog ein breites, selbstsicheres Grinsen.

Jedoch war das Mädchen mit den roten, zum Pferdeschwanz gebundenen Haaren nicht auf den Mund gefallen.

„Hoffentlich niemals!", sagte sie nur knapp, lächelte dabei jedoch freundlich um ihrer spitzen Bemerkung noch mehr zu geben und drehte sich schnell um, so daß der Pferdeschwanz wippte.

Francis hatte sich wohl ausnahmsweise nicht ausschließlich ums Essen gekümmert und konnte sich ein Auflachen, wenn auch ein leises, nicht verkneifen. Er war im Grunde ein sympathischer Kerl und fand schnell neue Freunde, wohl auch, da er viel und gerne redete.

„Mann, die hat sie eiskalt abblitzen lassen!", lächelte er und strich sich mit dem Handrücken über den Mund. Seine Serviette war nicht mehr zu gebrauchen.

Überrascht drehte sich Mikey um. „Ja, scheint so. Na vielleicht sollte ich besser zu Monty Burgers.", gab er mit etwas Galgenhumor zurück.

„Oh! Das würden Sie schön bleiben lassen wenn sie wüßten was dort die Köche mit dem Essen machen!", entgegnete Francis lachend.

Durch die bloße Ahnung angewidert, drehte sich Mikey wieder um und widmete sich seinem Shake.

Nur noch wenige Minuten sollten vergehen, ehe sie losschlugen. Unerwartet und synchron erhoben sie sich schnell und setzten sich einfach so zum verblüfften Francis in die Eckbank. Jeder auf einer Seite. Noch immer glaubte der Essende an nichts Böses. Vielleicht, dass sich der Typ über seinen Scherz etwas aufgeregt hatte, aber so etwas war sicher leicht zu klären. Und so lächelte er fast als sich die beiden bestimmt zu ihm wandten.

„Na schmeckt's?", wollte Frank wissen.

„Ja, sicher, wie sonst auch."

„Das ist schön, freut mich ehrlich."

„Wie war denn Ihres?", fragte er höflich zurück.

„Aber das ist jetzt doch nicht wichtig Francis,", begann Mikey und bewirkte, dass Francis seinen Kopf schnell in die andere Richtung drehte. „Wichtig ist doch nur wie es dir geht, oder besser gesagt gehen wird."

Selbst jetzt roch der mächtige Mann den Braten noch nicht. Er war es nun mal gewöhnt von Jedermann mit dem Vornamen angesprochen zu werden. Schließlich arbeitete er in einer Videothek und da gab es diese schicken Hemden mit dem eingestickten Namen auf der linken Brusttasche.

„Ist dir aufgefallen Francis, dass du in der näheren Vergangenheit möglicherweise eine Kleinigkeit zu viel geplaudert hast und noch dazu mit den falschen Leuten.", meinte Frank kühl.

Nun endlich begannen sich die wichtigen Zahnräder hinter der breiten Stirn zu drehen.

„Emmm,...."

„Francis, siehst du gerne fern?" Wieder wechselte Mikey abrupt das Thema. Zu abrupt um ihr Opfer nicht noch mehr zu verwirren.

„Ja, ich meine wie alle anderen eben auch."

„Dann hast du doch sicher auch die Nachrichten gesehen, oder?"

Francis schluckte hart. Sein Mund fühlte sich auf einmal so trocken, regelrecht ausgedörrt an. Schweißperlen traten auf seiner Stirn hervor und die Augen bewegten sich schnell. Er blickte abwechselnd Frank und Mikey an, sagte jedoch nichts.

„Weißt du Francis, solche schlimmen Sachen können schnell wieder passieren. Jederzeit an jedem Ort, man kann nie sicher sein!" Franks Gelassenheit und sein eisiger Ton waren Gold wert. Die Courage von Francis schmolz wie ein Softeis in der Mittagssonne.

„Ja?", hauchte er wie ein kleines Kind dem man unglaubliche Dinge erzählt.

„Oh ja!", fuhr Frank fort, zückte ein Taschentuch und wischte Francis einen Senfklecks vom Mundwinkel. „Es gibt nur eine Möglichkeit sich vor diesem Elend zu bewahren. – Willst du sie hören?"

Francis sprang darauf an wie ein Zuchthengst auf die Siegerin der Miss-Kaltblüter-Wahl. „Ja, ja!'

„Gut. Ich werd's dir verraten. Aber nur, da ich einen guten Tag habe und der Salat besser war als ich gedacht hatte. Also hör gut zu und denk immer daran. - Schweigen ist Gold mein Lieber. Das solltest du nie, wirklich unter keinen Umständen vergessen. – Haben wir uns verstanden? Ich meine, ist dir wirklich klar was ich damit sagen will?", fragte er und legte Francis vertrauensvoll die Hände auf die Schultern. Mikey blieb weiter stumm und beobachtete.

Dem armen Kerl in ihrer Mitte stand die Furcht ins Gesicht geschrieben. Er verstand und wie er verstand. Wäre es nicht so schmerzhaft gewesen, hätte er sich wohl spontan die Zunge heraus gerissen nur um sie davon zu überzeugen, dass die Worte ihre Wirkung auf keinen Fall verfehlt hatten. Auch ein Brandeisen hätte keine deutlicheren Spuren hinterlassen können. Francis besaß nunmal eine lebhafte Phantasie und erschauerte innerlich vor seinen Gedanken.

„Ja, ganz sicher! Ich hab verstanden. Wirklich!", haspelte er unbeholfen. Hilflos wie ein Fisch an Land und mit flehenden Augen, die so gar nicht zu der beeindruckenden Hülle seines Körpers paßten.

„Bestens, das freut uns doch. Nicht wahr?"

„Ja, sehr sogar.", pflichtete Mikey bei.

„Also gut,", meinte Frank und erhob sich. „Versteh das nicht falsch, aber ich hoffe wir müssen uns nicht wieder sehen."

Francis ging es nicht anders doch sagte er nichts mehr und schaute mit großen Augen, wie die eines Lammes, das nicht glauben kann in letzter Sekunde doch noch dem Bolzenschußgerät des Schlachters entkommen zu sein, den Männern hinterher, als sie das Restaurant verließen. Und seine helle Jeans hatte zwischen den Beinen einen merkwürdig dunklen Fleck.

Der Besuch

Nur wenige Stunden später rief Frank von einer Telefonzelle bei Big Daddy an und unterrichtete ihn mit knappen Worten was geschehen war. Aber da Big Daddy eine natürliche Aversion gegen Telefongespräche zu haben schien, bat er die beiden gleich nochmals zu sich. Sie würden sich einen schönen Nachmittag machen, man konnte ungestört reden und alles weitere würde sich finden.
Es war unerwartet doch mochte ihr Boß Verneinungen nicht besonders. So zögerten die beiden auch kaum ehe sie sich auf den Weg zu Big Daddys Villa machten. Einem Prachtbau der so manchem europäischen Adeligen ebenso gut zu Gesicht gestanden hätte.

Die letzten vierundzwanzig Stunden waren mal wieder ein Paradebeispiel dafür, wie sich das Wetter um Frisco ändern konnte. Hier bekam man beinahe alles. Von den sonnigen, heißen Tagen für die Kalifornien sooft beneidet wird, über naßkalte, bis hin zu trüben verregneten Stunden die den Eindruck erweckten im winterlichen London unterwegs zu sein. Und auch der Pazifik selbst, der stille Ozean, zeigte sich bisweilen von seiner stürmischen Seite.

Heute war ein warmer, wenn nicht gar heißer Tag. Die Sonne wurde immer stärker und trieb allen, die es sich nicht in der Horizontalen unter ihr bequem machen konnten, leichten Schweiß auf die Stirn.
Für die Beiden hieß es hinaus in eines der bekannten Villenviertel zu fahren. Stadtteile die auf ihre Art wie

eine andere Welt sind, in der jeder Fremdkörper sofort auffällt. Das Anwesen von Big Daddy war wie die meisten - schlichtweg eindrucksvoll. Wobei seines gar noch etwas mehr beeindruckte. Nachdem der Wagen von der klinisch reinen Straße abbog, stoppte ihn Mikey vor einem großen gußeisernen Tor. Er öffnete das Seitenfenster vollständig und drückte auf den Klingelknopf, auf einem Sockel zu seiner Linken. Sie warteten und hatten Gelegenheit sich etwas genauer umzuschauen. Ganz im Gegensatz zu Frank war Mikey bisher noch nie das Vergnügen vergönnt gewesen, in Big Daddys Heim eingeladen zu werden. Mit großen neugierigen Augen blickte er durch die Windschutzscheibe, die von den Blättern der vielen Bäume am Rande des Grundstücks beschattet wurde. Das große Tor wurde von einer schönen, weißen etwa zwei Meter hohen Mauer eingefaßt. Hier und da rankte sich Efeu über die Barriere nur um zusammen mit den dahinter stehenden Bäumen eine noch viel undurchdringbarere Wand aufzutürmen.

Der mit roten Steinen gepflasterte Weg machte nach dem Tor sogleich eine starke Kurve, so dass sich das Haus zunächst dem Auge des Neugierigen entzog.

Aber das Stillen von Mikeys Neugier sollte nicht lange auf sich warten lassen. Unter einem kurzen Knacken ertönte eine Stimme, die sich seelenlos nach dem Anliegen der Gäste erkundigte.

„Hier sind Frank und Mikey, B.... Mr. Fartoni erwartet uns.", antwortete Mikey und atmete anschließend tief durch. Beinahe wäre ihm doch tatsächlich etwas herausgerutscht, das besser niemand erfuhr der mit Big Daddy persönlich zu tun hatte.

„Paß bloß auf! Ich fürchte er würde auf solche Sachen recht empfindlich reagieren.", sagte Frank ruhig und wartete darauf, dass Mikey den Wagen wieder in Bewegung setzte.

Bereits nach ein paar Metern wechselte das Bild. Die Büsche und Bäume, die bisher dem Bordstein zu beiden Seiten gefolgt waren, wichen einer großen, akkurat zugeschnittenen Rasenfläche auf der nur noch vereinzelt Bäume standen. Der Weg führte ein wenig bergauf und jetzt konnte man auch das Haus des Bosses sehen. Weiß, mit schwarzem Dach, vielen großen Fenstern, Säulen und Giebeln wirkte es fast wie ein modernes, kleines Schloß.

Keine Frage, hier konnte man sich wohl fühlen. Und da hatte Mikey noch nicht die imposante Rückseite mit den großen Flügeltüren zum Garten und Pool sowie einem schönen, langen Balkon gesehen.

Vor der großen Eingangstür die man über fünf flache Stufen erreichte, wurde aus dem Weg ein kreisrunder Platz in dessen Zentrum sich eine kleine Insel mit einem Blumenbeet befand. Langsam stellte Mikey das Auto ab und stieg sogleich aus. Seine Augen konnten gar nicht groß genug werden und er hatte Mühe den Mund geschlossen zu halten.

Für Frank war all das ein vertrauter Anblick. Wenngleich er deshalb nichts von der beeindruckenden Wirkung verlor. Sie gingen die Stufen hinauf und Frank wollte gerade auf die Klingel drücken, als ihnen die Tür von einem Bediensteten geöffnet wurde.

„Guten Tag Sir. Schön Sie wieder zu sehen.", meinte er zunächst zu Frank. Dieser zögerte nicht lange und stellte seinen Begleiter vor.

„Freut mich. Wenn die Herren mir folgen würden? Es ist heute so schönes Wetter, Mr. Fartoni bat mich Ihnen sogleich den Weg zum Pool zu zeigen. Sie können dort auf ihn warten. Natürlich stehen bereits Erfrischungen bereit.", versicherte der Mann freundlich und machte eine einladende Handbewegung.

„Danke."

Die beiden folgten ihm. Sie gingen geradewegs durch eines der großen Wohnzimmer. Weißer Teppichboden, weiße Ledermöbel und viele andere Dinge, die besonders Mikey einfach nur staunen ließen, waren allein in diesem Raum in großer Zahl vorhanden. Da wußte er gar nicht was ihn mehr beeindrucken sollte. Die edle Minibar, wobei das Mini kaum noch zutreffend war, der Kristalltisch oder die HiFi Anlage. Am Ende, als sie durch die geöffnete Terrassentür schritten, entschied er sich für den mächtigen Breitbildfernseher zwischen zwei deckenhohen, natürlich weißen Teilen der Schrankwand. Das Ding war aufgehängt wie ein Bild und hatte eine Dicke, die man so, schon gar nicht mehr nennen konnte. Mikey kannte dieses Fabrikat von der Firma mit dem schwer auszusprechenden Namen.

Sie traten hinaus in die Sonne und Mikey vergaß all diese kleinen Dinge. Direkt vor ihnen erstreckte sich eine Terrasse an deren hinterem Ende ein Pool angelegt worden war, dessen Dimensionen an die Austragung einer Weltmeisterschaft erinnerten. Die Sonne fing sich glitzernd auf der Wasseroberfläche und blendete die Augen der Betrachter.

Mikey schaute sich um. Abseits, einige Meter vom Sprungbrett entfernt, stand ein einsamer Liegestuhl am Beckenrand. Und darauf hatte es sich eine Frau bequem gemacht.

„Wenn Sie nichts dagegen haben, werde ich Sie jetzt allein lassen. Mr. Fartoni kommt sicher bald.", versprach der Bedienstete und ging wieder zurück ins Haus. Frank ging einfach so weiter als gehöre all das hier ihm. Weiter hinten sah man einen weißen Tisch mit drei Stühlen. Dorthin wollten sie.

Auf ihrem Weg kamen sie auch an der Schönen auf dem Liegestuhl vorbei. Sie hatte eine dunkle Sonnenbrille auf und schien sie überhaupt nicht zu bemerken. Das war bei den Neuankömmlingen, zumindest was Mikey anging, nun wirklich ganz anders. Er konnte den Blick nicht von ihr abwenden. Ihre gebräunte Haut, die sie vor nicht allzu langer Zeit mit Sonnenöl eingecremt haben mußte, glitzerte ähnlich wie das Wasser in der Sonne. Und dabei verhüllte der zusammengebundene Bikini weit weniger als er preisgab. Sie lag auf dem Rücken. Mit einem Bein leicht angewinkelt und dem Gesicht senkrecht nach oben gerichtet, merkte sie wohl nicht wie die kleine Mulde unter ihren Rippen den Blick von Mikey anzog wie ein Magnet.

„Hallo Vanessa. Wie geht's denn so?", fragte Frank einfach im Vorbeigehen.

„Hi Frank. – Man lebt.", antwortete sie ohne ihre Position zu verändern. Sie hatte die beiden sehr wohl bemerkt.

Leicht verunsichert und mit ein wenig Schamgefühl, da er nun auch damit rechnen mußte, dass ihr sein starrender Blick nicht entgangen war, schaffte es Mikey doch noch eben diesen abzuwenden und ging ein wenig schneller. Frank bemerkte ebenfalls die Reaktion seines Partners und konnte sich ein süffisantes Schmunzeln nicht verkneifen. Sie gingen noch ein paar Meter weiter und erreichten dann den Tisch mit den Stühlen.

Erst als sie sich gesetzt hatten, wagte es Mikey sich wieder nach Vanessa umzudrehen.

„Sie gefällt dir, mmh?"

Mikey, der die Antwort auf diese Frage für ebenso selbstverständlich hielt wie jene ob das Universum groß sei, blickte Frank nur kurz an.

„Klar, dir etwa nicht? Oh, sorry ich vergaß. Du bist ja verheiratet!"

„Das ändert nichts an Vanessas Aussehen, oder?", meinte er und lehnte sich entspannt zurück. Wie ein Mann der schon lange über diesen Dingen steht.

„Nein, ganz sicher nicht. Wer ist Sie?"

„Vanessa!"

„Ja, das habe ich auch schon mitbekommen. Ich meine, was macht sie hier? Gehört sie zu Big Daddy oder was?"

„Ich weiß nicht sehr viel über sie. Nur dass sie nichts zu tun hat und ständig hier oder sonstwo herumhängt. Müßiggang ist wohl die treffendste Bezeichnung dafür. Aber nur soviel: Bisher hat es noch niemand gewagt sich für sie zu interessieren und ich will wohl meinen, dass dies auch seinen Grund hat!"

Nachdenklich und bereits mit einem leichten Gesichtsausdruck der Enttäuschung, einer verpaßten Chance, biß sich Mikey auf die Unterlippe. Er blickte sich wieder um und schaute sie an. Vanessa kramte unter dem Liegestuhl etwas hervor. Man konnte es nicht erkennen, doch für einen Moment, bevor sie sich die Kopfhörer aufsetzte, war die Musik bis hier zu hören. - Ziemlich heftig. Nicht gerade Mikeys Stil. In der Unfähigkeit es besser zu wissen tippte er auf Nirvana.

Entgegen der Vernunft, Franks Worte ernst zu nehmen, war er sich sicher; hierfür konnte man schon etwas riskieren. Auf jeden Fall mußte er herausfinden wie sie zu seinem Boß stand. Möglicherweise war Vanessa ja nur die Tochter einer Schwester oder eines Bruders, die hier ihren Sommer verbrachte.

Wohl aus dem Grund heraus da er bereits jetzt ahnte, dass dies nicht der Wahrheit entsprach, fragte er Frank nicht weiter über sie aus. Still beschränkte er sich darauf zu beobachten wie ihr Kopf leicht hin und her pendelte.

Es verging noch eine Weile, vielleicht auch noch eine Viertelstunde, ehe sich Big Daddy am Pool blicken ließ. Mit einem langen, natürlich weißen Morgenmantel, der eine eigene Leuchtkraft zu haben schien, schlenderte er in Badeschlapper über den Rasen. Eine kleine Rauchfahne stieg von der Zigarette in seiner rechten auf. Die andere Hand ruhte gelassen in der großen Tasche des Mantels. Als er zum Pool kam blieb er auf gleicher Höhe zu Vanessa stehen. Er sprach sie kurz an, doch die junge Frau mit den schwarzen Haaren reagierte nicht. Unter ihrer Sonnenbrille konnte man nicht sehen ob ihre Augen geschlossen waren.

Big Daddy, dem der musikalische Geschmack eine Gänsehaut über den Rücken jagte, beließ es dabei und trottete weiter. Zog kurz an seiner Zigarette und kam auf die beiden Gäste zu.

Für Mikey war es schon immer rätselhaft gewesen wie Big Daddy zu diesem Spitznamen gekommen war. Sicher nicht wegen der körperlichen Attribute. Die waren schlicht gesagt einfach und gewöhnlich. Vermutlich bezog er sich nur auf den Einfluß und die Macht die diesem Herrn schon in frühen Jahren zu Teil geworden war. Aber der junge Kerl, der sich so gern als waschechter US-Bürger ausgab, in Wahrheit aber Mexikaner war und die frühen, harten Jahre in irgendeinem Slum verbringen mußte, hatte keine Zeit mehr sich über die Art und Weise der Namensgebung große Gedanken zu machen. Auch wenn die beiden mehr gemeinsam hatten als sie wohl jemals zugeben würden.

Frank erhob sich und begrüßte ihn. Er wußte, dass sein Boss gewöhnlich nichts mit Mikey zu tun hatte und stellte ihn deshalb besser kurz vor.

„Ach ja, ich erinnere mich. Guter Junge was man so hört.", lobte er und reichte Mikey die Hand. Mit stolzgeschwellter Brust nahm man sie entgegen.

Alle drei setzten sich und Big Daddy nahm den letzten Zug bevor er den Stummel dann einfach so in den Pool schnippte. Eine Säuberungskraft würde sich die Seele aus dem Leib käschen um dieses Ding auch ja zu erwischen.

„Nun erzählt mal genau Jungs, wie ist die Sache gelaufen?", fragte er neugierig und lehnte sich erwartungsvoll zurück. Solche Geschichten liebte er. Sie waren für ihn besser als jeder Roman oder Actionfilm. Hier wußte man, es passierte tatsächlich, es war Realität. Auch wenn ihm nicht entging, dass diejenigen die seine Vorliebe dafür bemerkt hatten, mit Ausschmückungen nicht sparten. Doch solche Ergänzungen störten Big Daddy meist wenig. Solange die Ergebnisse stimmte.

Frank wartete mit Absicht noch einen Moment, da er glaubte Mikey würde sich der Geschichte annehmen wollen. Doch dafür war dieser viel zu aufgeregt. Also blieb es am älteren die Geschehnisse zu schildern.

„Du hättest es sehen sollen. Es war wahrlich schön anzusehen. Anfangs hatte Francis überhaupt keine Ahnung. Wir haben ihn zwischen uns genommen und einen kleinen Tratsch übers Essen gehalten, von dem er sich gerade reichlich einschob. Wir erwischten ihn in einem Fast Food Laden."

„Ah ha?"

„Ja!" Frank lächelte kurz bei dem Gedanken ehe er fortfuhr. „Er hat die Sache erst verstanden als wir auf die Nachrichten von gestern zu sprechen kamen. Dann war er, das muß man ihm eingestehen, jedoch richtig schnell. Nicht wahr Mikey?"

„Ja, ja, nicht schlecht."

„Und dann, wie ging's weiter? Mußtet ihr handgreiflich werden?"

„Nein, nicht wirklich. Außerdem, muß ich zugeben, dass so etwas, sollte es nötig werden, besser von drei oder gar vier Typen erledigt wird. Der Typ ist ein Bär! Aber es lief dann recht gut. Ihm ist das Herz ziemlich tief in die Hose gerutscht und er hat gekuscht wie ein junger Hund. Ich glaube kaum dass wir von ihm noch etwas hören werden. – Nein ganz sicher nicht."

Big Daddy nickte zufrieden. Wiedereinmal hatte sich gezeigt, dass Frank immer noch das beste Pferd im Stall war.

„Hervorragend, wirklich ausgezeichnet. Gute Arbeit Jungs."

In den nächsten Minuten erfragte er von ihnen noch einige Einzelheiten, aber dann war die Akte Francis für ihn auch schon geschlossen. Er hatte ganz andere Probleme. Und rasch fand sich eines das die Stellung von Frank untermauerte. Er arbeitete nicht nur für Big Daddy sondern half ihm in schwierigen Situationen immer wieder mit Ratschlägen und seiner Meinung aus. Dabei war er bis auf wenige Ausnahmen der einzige, der dem Gangsterboß wirklich die wahre Meinung sagte und das schätzte Big Daddy ungemein. Denn er haßte nichts so sehr wie Speichellecker.

Scheinbar lastete eine Sorge schwer auf den Schultern. Nachdem auch das letzte Fünkchen Neugier über Francis gestillt worden war, stand er auf, bedeutete Frank sich ihm anzuschließen und zusammen schritten sie gemächlich davon.

Allein ließen sie Mikey zurück. Jedoch wußte dieser nur für kurze Zeit mit der momentanen Freiheit nichts anzufangen. Gewöhnlich war ihm klar sobald er Kopf und Kragen riskierte, wie in diesem Fall. Schließlich kannte man genügend grausliche Geschichten über eifersüchtige Liebhaber, selbst wenn diese nicht die Führungsposition einer Verbrecherorganisation einnahmen. Doch er wagte es. Noch einen Augenblick wartend, beobachtend, bis sich die beiden soweit entfernt hatten, dass sie außer Hörweite waren, und nichts hielt ihn mehr zurück. Mikey stand auf, blickte ein letztes Mal umher, bis er sicher sein konnte, dass ihm auch kein Bediensteter einen Strich durch die Rechnung machte und ging dann zu Vanessa.

Mit ausgestreckten Armen und den Härden in den Hosentaschen schlurfte er zu ihr, wie zufällig, aus einer Laune oder gar Langeweile heraus. Und jetzt war er sich sicher. Sie konnte ihn unmöglich bemerken. Die Musik, treibende Gitarrenriffs und ein hüpfender Baß, waren bis zu ihm zu hören.
Er blieb stehen und schaute auf sie hinunter. Und ein Gedanke flog ihm kurz durch den Kopf. Ein Gedanke der ihn häufig plagte, wenn er mit seinem Schicksal haderte. Da sprach alle Welt von der großen Liebe, den ordinären Männern die immer nur an das eine denken. Okay, Mikey ging es oft nicht anders, aber dennoch war es im Prinzip doch das selbe wenn Männer wie Big Daddy gleich mehrere dieser Schönheiten um sich hatten nur weil sie in Sachen Vermögen potenter waren als die meisten.

Plötzlich zog Vanessa ihre Sonnenbrille nach unten auf die Nasenspitze und inspizierte ihren Beobachter. Erstaunlicherweise blieb Mikey gelassen und sprach sie an. Doch die Kopfhörer waren noch nicht abgenommen und so verstand sie kein Wort. Erst nach seiner Vorstellung schaltete sie das Gerät aus und ließ einen Kopfhörer herunterbaumeln.

„Haben Sie etwas gesagt?"

„Ich meinte nur, dass Sie da interessante Musik hören?"

Vanessa lächelte und nahm die Brille ganz herunter. Mikey wunderte sich und ging seinen Satz noch mal durch um herauszufinden was so spaßig gewesen sein konnte.

„Ist interessant in diesem Zusammenhang nicht einfach nur ein Synonym für Scheiße?"

Ihm blieb sprichwörtlich der Atem in der Kehle stecken. „Na ja, emm."

„Sind Sie zu mir herübergewatschelt um mir das zu sagen?"

„Im Grunde,...." Eine lange Pause folgte ehe sich Mikey mit der Realität abgefunden hatte: „Ist wohl besser wenn ich wieder gehe."

„Wenn Sie meinen."

Es brauchte nicht mehr. Mit einem verbissen verwirrten Gesichtsausdruck wandte er sich um und ging wieder zurück zu dem Tisch. Irgendwie verstand er den heutigen Tag nicht. Gut, die Anmache am Morgen war nur gespielt und hatte im Grunde auf nichts anderes als einen Korb abgezielt um Francis' Aufmerksamkeit zu erregen. Dennoch all das deprimierte Mikey schon ein wenig. Gut, er war kein Casanova und auch kein Adonis. Aber abstoßend schlecht sah er nun auch wieder nicht aus. Er verstand es nicht.

„He, warten Sie!"

Aus den Gedanken gerissen blickte er sich hastig wieder um. Vanessa war aufgestanden und eilte hinter ihm her. Als sie ihn erreichte zierte ihr fein geschnittenes Gesicht ein Lächeln.

„Nun wirklich, Sie geben einfach zu schnell auf. Setzen wir uns doch um über das Interessante an meiner Musik zu reden.", sagte sie eifrig und trug damit nur noch mehr zu Mikeys Verwirrung bei. Er hatte eine solche Frau bisher noch nie kennen gelernt.

Nebeneinander schlenderten die beiden Männer über den Rasen. Anfangs hatten sie überhaupt nichts gesagt und Frank hatte die Gelegenheit die Pracht dieses Anwesens zu bewundern.

Erst nach einiger Zeit, als sie am anderen Ende des Grundstückes angelangt waren und den Pool kaum noch sehen konnten, war es an der Zeit die Stille zu durchbrechen. Sie gingen gerade einen Hang hinunter und Big Daddy steckte beide Hände entspannt in die Taschen des Morgenmantels.

„Frank, was sind das nur für Zeiten?", fragte er ohne seinen Begleiter anzuschauen. Er hielt den Blick nach unten gerichtet auf das dichte, kurz geschnittene Gras, das einem Golfplatz alle Ehre gemacht hätte.

Sein Freund hingegen war auf einmal sehr aufmerksam und blickte Big Daddy fast besorgt an. Selbst er kannte ihn in einer solchen Stimmung nicht und das Interesse wuchs um jede Sekunde die ihre Sprechpause anhielt.

„Wie meinst du das?"

„Ach, ich habe schon seit längerem das Gefühl, dass mir alles aus den Händen gleitet, sich nichts mehr unter meiner Kontrolle befindet. Frank, ich weiß, Du würdest es mir sagen - laß ich die Zügel zu sehr schleifen? Oder was geschieht hier?"

Frank konnte Big Daddy nicht ganz folgen. Wohl da er ihm zwar ein Freund war, sich aber aus den größeren Geschäften weitgehend heraus hielt und so nichts wußte von den vielen Problemen die sich beständig zur Organisation immer weiter angehäuft hatten und inzwischen zu einem stinkenden Haufen geworden waren.

„Würde ich kaum glauben. Aber um was geht es denn genau?"

Ein weiteres Zögern. Doch dann war Big Daddy froh sich an jemanden wenden zu können, der das entgegengebrachte Vertrauen auch verdiente.

„Es gibt da zum Beispiel eine Sache die mich rasend macht. Irgendein verdammter Wichser, nennen wir ihn Walter, hat seine verfluchten Mistfinger einfach nicht aus der Kasse halten können. Der Sack hat etwa drei Millionen mitgehen lassen. Nicht dass ich da so genau Bescheid wüßte, aber drei waren es sicher!"

„Wirklich? Und was wirst du jetzt machen. Der Kerl wird doch schon längst über alle Berge sein."

„Das lasse ich gerade feststellen. Aber wenn nicht, dann wird dieser Penner wünschen seine Eltern hätten in Sachen Verhütung ein bißchen mehr acht gegeben. Denn dass so einer gewollt war, ist sowieso nicht zu glauben!", fluchte Big Daddy unter dem Anflug eines Grinsens.

„Hast du für diese Aufgabe bereits jemand speziellen im Auge?", fragte Frank, dem sich eine erschreckende Vorahnung ins Hirn drängte.

„Allerdings! Gut dass du fragst. Ich hatte da an Evil und diesen Iren gedacht."

„Evil?"

„Ja!"

Evil, war freilich nur ein Spitzname, doch sprach dieser Bände. Und nur wenige wußten, dass es gar mehr Unter – als Übertreibung war. Evil sprengte jegliche Lexika und man hätte vermutlich für einen Kerl wie ihn, nach einer gänzlich neuen Beschreibung suchen müssen.

Er war ein Profi und Meister seines Fachs, besaß die besten Qualifikationen, die man sich für solch einen Job nur wünschen kann. Immer wenn es darum ging die härtesten Jungs, die brutalsten Kerle binnen Sekunden in winselnde Haufen zuckender Muskeln zu verwandeln, wurde Evil gerufen. Mit ihm hatten einige der Großen in Frisco so eine Art Abkommen. Sie teilten sich seine Dienste quasi. Und nur an eine Regel mußte man sich halten: Evil nicht auf einen der anderen zu hetzen. Sonst gab es seitens der Auftraggeber keinerlei Beschränkungen und er lies seiner kranken Phantasie freien Lauf.

Evil war Amerikaner. Obwohl er nicht alt war zierte ihn ein kahlrasierter Schädel. Er war weiß. Nein, im Grunde war das nicht richtig. Evil war schon eher durchsichtig. Die Pigmentierung der Haut, seine glasig leeren Augen, einfach alles an ihm, ließ den Kerl nach einer Wasserleiche oder auch einem Versuchsopfer von Bio-Kampfstoffen aussehen. Unsinnigerweise war er jedoch der größte Hypochonder den man sich nur vorstellen kann. Und Gummihandschuhe zählten zu seinen ständigen Begleitern.

„Evil also. Das sind ziemlich große Geschütze die du hier auffährst."

„Ja, ich weiß. Aber wie ich vorhin schon sagte. Es geht um circa drei Millionen. Und außerdem will ich ein für allemal klarstellen, dass es nun vorbei ist mit der Spaßerei. Es soll endlich auch der hinterletzte Sack kapieren, dass man mit mir keine Spiele spielt. Ich sag's dir, jeder der sich mit mir anlegt, kann schon mal selbst anfangen sich einzuäschern!"

Poolbekanntschaft

Mikey war weder ein großer Könner, noch ein Liebhaber des Small Talks. Aber erstaundlicherweise war das überhaupt kein großes Problem. Ohnedies hatte er gar keine Möglichkeit sich in einer beklemmenden Sprechpause unwohl zu fühlen. Es gab praktisch keine. Sie saßen sich direkt gegenüber. Und obwohl Mikey mehr als dankbar sein konnte, dass sich die Dinge nach einem solch schlechten Anfang derart gut entwickelt hatten, konnte er seinen Blick einfach nicht von Vanessas leicht bedecktem Körper lassen. Doch dass hier mehr als nur die reine, permanente männliche Geilheit im Spiel war, zeigte die Tatsache, dass er wegen seiner Blicke ein schlechtes Gewissen bekam, recht eindrucksvoll.

„Für wen arbeiten Sie?"

Leicht verwundert über diese Frage zögerte Mikey einen Augenblick, gab dann aber doch bereitwillig Auskunft. „Wenn man es genau betrachtet für Mr. Fartoni. Allerdings stehe ich zur Zeit eher noch in den Diensten von Frank, in der Ausbildung sozusagen.", antwortete er und glaubte dabei seinen eigenen Worten kaum. Was ging nur mit ihm vor. Er sagte ja die Wahrheit, schnitt nicht auf und gab sich nicht als ein großes Tier aus! Wie er es sonst immer tat und selbst vor kleinen Kindern behauptete er sei ein richtig gefährlicher Bursche.

„Und was machen Sie so über den Tag?"

Vanessa lächelte vielsagend. – Ich hänge eben so herum, vertreibe mir die Zeit am Pool, an der Bar und im Bett; warte darauf, dass Ricky von einem harten

Tag nach Hause kommt und ich mir sein bestes Stück vornehmen kann, und so weiter. Kennt man ja.

Das sagte sie nicht! Statt dessen entgegnete sie ihm, dass es zu ihren Leidenschaften gehöre Bücher zu lesen und Musik zu hören. Früher, das heißt bis vor drei Jahren, hatte sie in einer Ex-Schülerband Keyboard gespielt.

„Heute arbeite ich zeitweise an einer Musikzeitschrift mit. Ist aber nur 'ne kleine Sache. Bin wohl nur eine bessere Kaffeekocherin."

„Hört sich trotzdem interessant an. Wie ist der Name. Kenne ich sie vielleicht?"

Vanessa lächelte: „Vermutlich, so ähnlich wie die Rockband."

Mikey nahm sich die Zeit kurz zu überlegen. Doch dann war seine Verwunderung um so größer: „Sie arbeiten für den Beatle Corner?"

„Hin und wieder. Ich bin nicht fest angestellt."

Mikey grinste breit und genoß ihre Bescheidenheit. Es zeigte ihm eine völlig neue Art. Dass Menschen, die allen Grund dazu hatten stolz auf sich zu sein, sich dennoch für nichts Besseres hielten, war ihm neu. „Sind Kaffeeholerinnen das nicht meistens."

„Vermutlich.", grinste sie. Auch ihr bereitete all das Spaß, auch wenn sie nicht wissen konnte, dass Mikey gewöhnlich eine andere Art der Konversation pflegte. In diesen Momenten lief er zur Hochform auf.

„Ist ja stark. – Hatten Sie schon mal was mit den richtig großen im Geschäft zu tun?"

„Wissen Sie wie oft mir diese Frage gestellt wird? Das dumme ist nur, dass mir nie klar ist welches Geschäft die eigentlich immer meinen.", antwortete sie und strich sich durch die schwarzen Haare.

Mikey verzog den Mund und schaute sie intensiv an. Er war sich sicher, dass Vanessa über Big Daddys Art Geld zu verdienen so manches wußte.

„Aber lassen Sie uns über etwas anderes reden. –
Puh, mir ist ganz schön heiß geworden. Wollen wir
nicht hinein gehen und uns einen kühlen Drink
gönnen?"

Mikey starb tausend Tode. Wußte sie eigentlich, was
sie mit seinem Hormonhaushalt anstellte. Eine
rasende Fahrt mit der Achterbahn war dagegen die
reinste Schlaftablette. Vanessa mußte schon einiges
auf dem Kasten haben, wenn sie ihn so schnell
durchschaute.

Trotz dem inneren Drang und der Bewunderung, die
sich in Mikey allmählich aufbaute, lehnte er dankend
ab.

„Ich glaube, es ist besser wenn ich hier bleibe. Mr.
Fartoni würde es sicher nicht gern sehen, wenn ich
mich mit Ihnen aus dem Staub mache. Nein, ganz
sicher nicht!", sagte er fröhlich und amüsiert mit einem
solchen Gedanken auch nur gespielt zu haben.

Sollte auch nur ein kleines Bißchen von Franks
Warnung angebracht sein, spielte er wohl jetzt schon
mit seinem Leben oder zumindest seiner Gesundheit.
Da brauchte er nicht auch noch mit Vanessa im
kühlen, dunklen Haus zu verschwinden. Obwohl, da
er schon so viel riskiert hatte, wäre es denn nicht nur
logisch auch noch einen weiteren Schritt zu gehen?

Er ließ die imaginäre Frage unbeantwortet. Die Furcht
vor einem wütenden Big Daddy war einfach zu groß,
zumindest noch.

Und so blieben sie in der Sonne sitzen redeten über
vieles, lachten und warteten bis die beiden Männer
vom hinteren Ende des Grundstückes wieder zurück
kamen.

„Aah, wie ich sehe hast du dich bereits mit Vanessa bekannt gemacht. Ich hoffe, es war nicht zu langweilig."

Wäre Big Daddy nicht derjenige gewesen, der er nunmal war und sich in den Bademantel gehüllt, vor Mickey aufbaute, er hätte ihm wohl in einer solchen Bestimmtheit widersprochen, wie er es noch nie getan hatte. Aber dieser blöde Sack war nun mal der Typ der mit einem einzigen Fingerschnippen ganze Horden auf ihn hetzen konnte und deshalb lächelte Mikey höflich und schlug leisere Töne an: „Aber nicht doch. Ganz im Gegenteil!"

„Freut mich." Big Daddy machte eine Pause und blickte auf zum Himmel. „Aber warum sitzt ihr noch hier draußen. Es wird doch langsam unerträglich, mitten in der Sonne. Kommt, laßt uns hinein gehen."

Big Daddy ging eilig voran und sein Gefolge ließ nicht lange auf sich warten. Erst jetzt fand Mikey die Gelegenheit Frank anzublicken. Und was er da sah, gefiel ihm ganz und gar nicht. Sein Partner zog eine Miene als schlendere er mit einem Todgeweihten durch diesen schönen Garten. Mikey schluckte hart, ehe ein Blick auf Vanessa alle Zweifel vergehen ließ und er ruhiger weiter ging.

Im Haus präsentierte sich Big Daddy als gutgelaunter Gastgeber. So ließ er es sich auch nicht nehmen Mikey persönlich ein Glas zu füllen. Alle vier setzten sich in das Wohnzimmer, machten es sich bei der edlen Sitzgarnitur gemütlich und redeten über belanglose Dinge. Dabei war es nur e n weiterer Zufall, dass sich Vanessa und Mikey direkt gegenüber saßen. Mittlerweile kannte er zwar das Risiko, doch konnte er dennoch nicht verhindern sie ein ums andere Mal anzulächeln. Nicht breit und auffällig, sondern eher verspielt und schüchtern, aber auch diese kleinen Zeichen der Zuneigung reichten aus um Big Daddy stutzig zu machen. Dennoch ließ er sich nichts anmerken und plauderte mit seinen Gästen weiter übers Wetter, den Irrwitz in der Politik und so manches andere Thema.

Eine halbe Stunde später, kurz bevor die Situation drohte zu eskalieren und um ein Haar noch ein tiefer gehendes Gespräch entstanden wäre, verabschiedeten sich Mikey und Frank.

Noch bevor sie richtig weg waren und noch zu ihrem Wagen gingen, wandelte sich Big Daddys Laune. Die beiden saßen immer noch im Wohnzimmer. Vanessa nippte scheinbar gelangweilt an ihrem Longdrink, oder hing sie nur irgendwelchen Gedanken nach? Es interessierte Big Daddy nicht weiter, in scheinbarer Ruhe kam er von der Bar zu ihr herüber gelaufen.

„Was hattest du mit diesem Kerl zu bereden?", sein Ton war harsch und bestimmend.

Doch zunächst reagierte Vanessa kaum, blickte nur ganz kurz auf, ehe sie wieder mit der Kante des Glases über ihre Unterlippe fuhr. Wodurch Big Daddy auch nicht fröhlicher wurde.

„Ich fragte, was du mit dem Kerl zu schaffen hattest!", schrie er und kam noch näher. Beinahe hätte er ihr das Glas aus der Hand geschlagen.

Mit großen, wütenden Augen hielt Vanessa dagegen. „Das kann dir doch egal sein!", rief sie aufgebracht, stellte das Glas donnernd auf der Tischplatte ab und ging hastig davon. Für einen ganz kurzen Moment war der wütende Mann sprachlos und als er wieder Atem hatte um seinerseits etwas zu sagen, war Vanessa schon lange verschwunden.

Als die Wagentüren zufielen, schaute Frank stumm zu seinem Fahrer herüber. Mikey spürte den Blick, der auf ihm hing und ließ den Motor noch nicht an. Zögerlich drehte er sich zur Seite. Irritiert und mit dem Schlüssel in der Hand, wollte er wissen was los sei. Aber Frank lächelte nur.

„Was ist?"

„Na du bist mir schon einer. Gutgemeinte Ratschläge bedeuten dir wohl nicht viel, hmm?"

„Wieso,...?"

„Na komm!"

„Gut! Dann hab ich eben mit ihr geredet, was soll's! Er kann ja wohl nicht so eifersüchtig sein, dass ihn selbst eine solche Kleinigkeit stört.", wehrte sich Mikey mürrisch. Allmählich begann er zu ahnen, dass dieses Gespräch wohl doch nicht so gewöhnlich gewesen war. Auf der anderen Seite wollte er es sich selbst nicht eingestehen. Fast verbissen drehte er den Zündschlüssel um, legte den Gang ein und fuhr los.

„Ich hoffe du weißt was du tust, ehrlich.", sagte Frank, als sie durch das Tor auf die Straße abbogen.

Walter war ein einfacher Mensch, der nicht viel benötigte um zufrieden zu sein. Und auch wenn er am Tage während der Arbeit ein guter Buchhalter war, spürte man davon und von dem angeblichen, spießigen Mief der solche Leute befällt, nur noch wenig.
Und sollten jene Kollegen jemals erleben wie er im privaten Leben war, sie würden sich gewaltig wundern und wie vor den Kopf gestoßen fühlen. Allerdings war die fröhlich, aufgedrehte Lebensart an diesem Abend völlig aus dem etwas dicklichen Körper gewichen. Seine Frau, Jane, war schon ein paar Tage nicht mehr bei ihm. Und er wunderte sich noch immer, wie er diesem Vorhaben hatte zustimmen können. Gerede von Beziehungspausen, einer Zeit des sich Luft machens, schien damals gar nicht mal so falsch zu sein. Doch mittlerweile konnte er es nicht fassen. Sie war einfach zu ihrer Mutter nach Arizona gefahren und würde, wenn es ihr nicht genau so ging wie ihm, dort auch eine Weile bleiben.
Eben dieser Gedanke jagte ihm den größten Schrecken ein. Schließlich hatte er bisher nur vier, fünf Tage ohne sie verbracht, war von der Arbeit in stille, dunkle Räume gekommen und alleine eingeschlafen. Mit grausen dachte er an die nächsten Wochen.

Lustlos, kraftlos saß er auf seiner Couch vor dem Fernseher und nahm fast teilnahmslos zur Kenntnis, dass sein Basketballteam, die Golden State Warriors, mal wieder drauf und dran waren zu verlieren. Unter normalen Umständen hätte er selbst bei einer Niederlage mitgefiebert, mit offenen Augen, weit vorgebeugt dagesessen um schließlich mit sich selbst über gute alte Zeiten zu reden. Zeiten in denen dieses Team die ganze Liga aufgemischt hatte. Doch heute schien sein Enthusiasmus ebenso weit entfernt wie die gemeinsamen Zeiten des Trios Mullin, Hardaway und Richmond.

Demnach brauchte er auch einen Moment, ehe er wahrnahm, dass es gerade an seiner Wohnungstür geklingelt hatte.

Trotz seiner Langeweile, genervt von dieser Störung, nahm er sich den Kartoffelchip aus dem Mund und schlürfte in Unterhemd und Anzughose zur Tür.

Walters Wohnung war groß und schön. Edle Teppichböden und elegante Möbel waren überall zu finden. Aber innerhalb der letzten Tage hatte er sich gehen lassen. Auf das Ergebnis, leere Packungen von Fast Food Gerichten, Getränken und Kassettenhüllen von Pornovideos traf man häufig.

Schläfrig rieb er sich den Gammel aus den Augen und von dem dreitagebärtigen Gesicht. Es war etwa zehn Uhr abends, als er die Kette der Eingangstür wegschob. Zwei Sekunden später lag Walter erschrocken, doch halb benommen auf dem Boden und hatte noch lange nicht realisiert was hier geschehen war. Seine Stirn zierte ein senkrechter, blutender Strich den ihm die Türkante zugefügt hatte.

Gerade als er die Tür öffnen wollte, war Pat mit aller Kraft und der Schulter voraus gegen sie gesprungen und hätte sie, wäre sie noch verschlossen gewesen, wohl aus den Angeln gerissen.

Nun trat er langsam und gelassen, mit Evil im Schlepptau über die Schwelle und ließ die Tür hinter sich zuschwingen. Mit zwinkernden Augen und schmerzendem Kopf sah Walter nur verschwommen wie sich der große Ire mit den kurzen, feuerroten Haaren über ihn beugte. Dieser Kerl war schon seit langem der Partner von Evil. Früher und in der Heimat noch als Mitglied einer obskuren Waffentruppe mit drei Buchstaben, hatte er schließlich für sich erkannt, dass politische Ziele einen Soldaten niemals reich machen werden. Nun war er also der Begleiter des kranken Evil. Auch wenn er wohl kaum gutmütiger war, spielte Pat eine wichtige Rolle. Er war die Ruhe, die Souveränität und letztendlich die Kraft, die seinen Partner schon des öfteren vor allzu überschwenglichen Ausbrüchen und somit vor diversen Gefahren bewahrt hatte. Manchmal war Evil so sehr darin vertieft sich mit den zu Behandelnden zu befassen, dass er kaum noch mitbekam was um ihn herum passierte. Er war dann wie im Rausch und jeder der ihn sah erkannte, dass ihm die Arbeit mehr als Spaß bereitete.

„Guten Abend Walter. Mann, wie sieht es bei dir aus?", fragte Evil mit einer hohen, irgendwie mauseartigen Stimme über die man unter anderen Umständen vielleicht gelächelt hätte. Aber Walter hatte nicht die geringste Ahnung was oder wem er diesen nächtlichen Besuch zu verdanken hatte. Verwirrt stützte er sich auf die Unterarme: „...was, ist eigentlich,..." Weiter kam er nicht. Pat hob ihn auf, packte ihn wie einen kleinen Jungen und schleppte ihn weiter in die Wohnung hinein.

„Mach dir keine Sorgen, Walter. Ich bin sicher wir werden alle miteinander auskommen, ganz sicher.", versprach Evil mit grinsendem Gesicht und ging entspannt hinter Pat her. Dieser trug den verdutzten Mann ins Wohnzimmer und drückte ihn unsanft in einen der beiden Sessel die zusammen mit der Couch vor dem Fernseher standen. Sie rahmten einen schönen kleinen Echtholztisch ein.

„Du solltest dir nun wirklich mal eine Putzkraft leisten. So 'ne Sauerei hab ich ja schon lange nicht mehr gesehen.", spottete Evil. In Anbetracht der ungemütlichen Atmosphäre warf er seinen Plan, es sich hier für einige Stunden gemütlich zu machen, schnell über den Haufen und kam mehr oder weniger gleich zur Sache. Er zog sich den zweiten Sessel her und setzte sich direkt gegenüber Walter hinein. Pat stand wie ein Schiedsrichter dieses sonderbaren Spiels zwischen ihnen.

„Wo ist denn deine Frau, Walter?"

Der Befragte antwortete nicht.

Als hätte er das erwartet, blickte Evil zu Pat hinauf. Amüsiert durch soviel Mut zog er eine Schnute. Jedoch nur um diese mit einem unerwarteten Schrei gleich wieder zu verzerren.

„Mann! Ich hab dich gefragt wo deine Frau steckt! Was ist nur mit dir los, he?"

„.... Sie, - sie ist zu ihren Eltern gefahren.", gab er bedrückt zurück.

„Na also, geht doch."

Evil schaute zufrieden als hätte seine Lieblingsratte gerade ein lange geübtes Kunststück zum ersten mal richtig gemacht.

„Sicher 'ne böse Sache. – Das mit deiner Frau meine ich."

Walter nickte nur irgendwie. Er hatte ein wenig getrunken. Aber auch ohne Alkohol fühlte er sich wie noch niemals zuvor.

„Gut dass wir das geklärt haben.", fuhr Evil im Gesprächston fort. Doch in seinen kalten, wäßrigen Augen gab es ein Glitzern, dass es Walter nur so den Rücken hinunterlief.

„Ich erfahre immer gerne etwas über die Leute mit denen ich arbeite:", sagte er. Wobei das Wort arbeiten nicht nur für Walter einen merkwürdigen, bedrohlichen Klang hatte.

„Also Junge. Wo hast du das Geld, wo sind die Mäuse, die Moneten?"

Die Frage wurde von Evil so unerwartet direkt gestellt, dass sie fast belanglos erschien. Kaum wichtig genug um eine Antwort nach sich zu ziehen. – Wo haben wir die Schokobonbons? Aber Walter reagierte.

„Geld? Was für Geld?"

„Ach komm, was soll denn das?" Evil stand vom Sessel auf, machte einige Schritte zurück, drehte sich im Kreis und wandte sich dann an Pat. „Warum machen diese Penner das bloß immer? Ich kann's nicht verstehen, jedes verdammte Mal kommt dieser Scheißspruch: Was für Geld, welches Geld, ich hab kein Geld, ich weiß nichtmal was Geld ist!", meinte er nachäffend und er war ziemlich gut darin. „Man könnte gerade meinen sie würden sich vorher absprechen, oder es gäbe ein Skript für solche Fälle." Wütend wirbelten seine Hände durch die Luft. Evil trug ein schwarzes, bis hoben hin zugeknöpftes Hemd und eine schwarze Anzughose. Eine Einheitskleidung die ihn zum Antiarzt machte.

„Verdammt Walter. Ich geb' dir noch eine Chance, eine Letzte! Wo, ... ist, ... das, ... Geld?"

Dem armen Walter liefen inzwischen wahre Sturzbäche von Schweiß an den unmöglichsten Körperstellen hinunter. Er zitterte und ahnte nichts Gutes. Vor allem, da er seine Antwort noch vor den beiden Gästen kannte.

„Ich weiß wirklich nicht welches Geld Sie meinen, ich schwör 's!", stammelte er und hielt Evil flehend die Hände entgegen. Aber der hatte genug gehört.

„Also gut, das reicht! – Pat, meinen Koffer bitte."

Schnell reichte ihm der rothaarige Ire einen kleinen Koffer der Walter zuvor überhaupt nicht aufgefallen war. Auch wenn sich sein Mund noch immer gegen das Drohende wehrte, hatte er den Kampf tief in seinem Inneren schon lange aufgegeben. Es bestand absolut keine Möglichkeit mehr Evils Folter zu entrinnen.

Nicht schnell, aber doch so hastig, dass Walter noch ein letztes Mal aufschreckte, legte ihm Pat die kräftigen Hände auf die zitternden Schultern. – Gemeinsam beobachteten sie die kurzen Vorbereitungen.

Fachmännisch und routiniert legte Evil den Koffer auf dem Couchtisch ab, öffnete den Deckel und betrachtete kurz aber intensiv sein Werkzeug. Grinsend zog er sich die Lederhandschuhe straff und griff nach dem glänzenden Edelstahl. Er zog ein kleines, handliches Skalpell hervor mit dem man auch kleinste Insekten sezieren konnte. Diabolisch, aber fast entschuldigend lächelnd, hielt er es vor sein Gesicht und wartete auf Walters ersten Blick. Doch im Grunde spielte sich ohnehin mehr in Evils Phantasie ab, als tatsächlich geschah. Eigentlich waren die Reaktionen seiner Opfer einfach zu identisch um ihm jedesmal diesen Kick zu bereiten und das war wirklich etwas Trauriges.

Ohne ein Wort oder eine letzte Frage nach dem Verbleib des Geldes zu stellen, fuhr die Klinge langsam und fast zärtlich über die Haut von Walters Wange. Erstaunlich, aber er hatte sich den Schmerz viel größer vorgestellt. Vergleichbar mit einem Brennen, das von einer kleinen Flamme herrührte konnte man es eigentlich ertragen. Dennoch schrie er wie am Spieß.

Pats Miene blieb teilnahmslos. Er konzentrierte sich darauf aufzupassen, dass Walter nicht einen verzweifelten Rettungsversuch unternahm und sah sonst nicht weiter auf Evils Arbeit.

Nachdem das Skalpell einigemal über das Gesicht von Walter gestrichen war, viele rote Striche hinterlassen hatte und das Blut nur allmählich den engen Weg nach draußen fand, befiel ihn ein merkwürdiges Gefühl. Gut, der Schmerz war mittlerweile recht präsent, aber auch eine gewisse Entspannung. Es war alles so locker und leicht.

Evil lächelte verheißungsvoll und legte das erste Instrument zurück. Eine kleine Zange holte er statt dessen heraus. Er wandte sich wieder Walter zu und griff sich mit der freien Hand das Gesicht. Mit erstaunlicher Kraft, die man dem blassen Mann auf keinen Fall zugetraut hätte, quetschte er die Backen und Wangen zusammen. Blut rann jetzt reichlich über die Handschuhe.

„So mein Freund. Du hast also die Kohle deiner Frau mitgegeben!"

Eine Pause, Walter konnte nicht verneinen was ihm zu Last gelegt wurde, die Hand drückte den Mund dermaßen zu, dass seine Lippen brannten. Aber seine Augen sprachen die Antwort mehr als deutlich aus. Jedoch ließ sich Evil davon nicht beeindrucken. Er fuhr mit seinen Vermutungen unbeeindruckt fort.

„Verzeih mir, wenn ich das jetzt etwas drastisch ausdrücke. – Aber was für ein beschissener Plan war denn das? Ist das dir eingefallen? Mann du Idiot! Warum bist du noch hier?" Er lächelte und blickte zur Bestätigung kurz auf Pat. Jedoch rührte der sich nicht.

„Aber halt. Möglicherweise war's ja gar nicht so blöd. Sicher habt ihr damit gerechnet, dass irgendwer euch besuchen kommt. Vermutlich dachtet ihr, sie könnten gar nicht fassen, dass du noch hier bist und so fast glauben müssen du hättest das Geld gar nicht genommen. – Stimmt eigentlich. Wenn man es so betrachtet ist's ziemlich clever. Nur dumm, dass ich solchen Säcken wie dir niemals irgend etwas abnehme!", flachste Evil lächelnd und rückte mit der Zange näher. Er arbeitete wirklich recht hart mit sich und war, schon allein aufgrund eines maximalen persönlichen Vergnügens, stets darauf bedacht etwas Abwechslung in seine Arbeit zu bringen. Ja, man mochte es fast experimentierfreudig nennen. Aber bei allem Mut zum Neuen, gab es einige Dinge die konstant, fester Bestandteil seines Repertoires waren. Eine dieser Konstanten war die Sache mit der Zange.

Ein Krachen, das allein schon Folterung genug war und wirklich jedem das Blut gefrieren ließ, Pat war da keine Ausnahme, gefolgt von einem bestialischen Aufschreien, welches noch viel lauter gewesen wäre, hätte schnell aufsprudelndes Blut den Schall nicht gleich unterdrückt, hallte durch das Wohnzimmer – das ganze Haus. Evil hatte Walter gerade beide Schneidezähne aus dem Oberkiefer gebrochen.

Schnell ließ Evil von seinem Opfer ab. Ein entspanntes Gesicht befiel ihn als er aufstand und den wimmernden Walter unter sich auf der Couch sah. Mit beiden Händen versuchte der das Blut aufzuhalten. Natürlich gelang es nicht und reflexartig beugte er seinen Kopf über die Sofakannte um nicht sein eigenes Blut in Massen zu trinken. Walter wurde schwarz vor Augen doch noch fiel er nicht in die Bewußtlosigkeit. Auch wenn er kaum etwas um sich wahrnahm, hörte er noch Fetzen von Evils Stimme.
„Los, ... besser, ... gehen. Wir werden .....Haus. Falls, ... Frau zurückkommt werden.............."
Im nächsten Moment übermannte der Schmerz Walter endgültig.

Ein später Anruf

Im Grunde war schon das Wie äußerst ungewöhnlich. Und dennoch war es nichts im Vergleich zum Inhalt der Arbeitsanweisung.

Big Daddy benutzte selten das Telefon. Sei es aus einem Gefühl der Entfremdung und Emotionslosigkeit oder einfach nur deshalb, weil er sich vor Wanzen und Abhöranlagen mehr fürchtete als vor allem anderen. Doch an diesem Abend hatte er offensichtlich jegliche Befürchtungen bei Seite geschoben und Frank somit für einige Augenblicke aus der sonst üblichen Routine gerissen. Aufgeschreckt durch das Telefon hatte er seinem Gehör anfangs nicht glauben können.

„Was ist denn los? Sonst rufst du mich doch nie an?", wunderte sich Frank nach dem ersten Moment der Verwirrung.

„Nun beruhige dich mal. Eigentlich ist es nichts Ungewöhnliches," Big Daddy dachte einen Augenblick nach. „Na ja. Könnte schon sein. Aber hör erstmal zu. – Du kennst doch diesen Typen aus Kolumbien."

„Fernandez?"

„Nein, wo denkst du hin. Der andere Typ aus Kolumbien!"

„Montego?"

„Ja, genau. Also es geht um ein größeres Geschäft. Weißt ja wie sehr ich mich in der Vergangenheit um ein Engagement bemüht habe. Und jetzt scheint es fast so als würde aus diesen Anstrengungen eine lang anhaltende Verbindung hervorgehen.", berichtete Big Daddy. Sein Ton verriet Frank, dass er erfreut, nichtsdestotrotz aber auch nervös war. Etwas sehr Ungewöhnliches.

„Hört sich gut an. Und was hab ich zu tun?"

„Das gefällt mir Frank. Du ahnst gar nicht wie froh ich bin, dass es Leute wie dich gibt. – Montego hat mich gerade angerufen. Er will wohl sicher gehen, dass man sich auf uns verlassen kann und noch einige Dinge abklären. Er war nicht gerade redselig. Wie auch immer. Auf jeden Fall will er einen von uns sehen. Er möchte, dass ich jemanden nach Bogotá schicke. Und du wirst es kaum für möglich halten, aber ich bin sofort auf dich gekommen."

Frank lächelte kurz. „Für mich hört sich das ein wenig merkwürdig an. Er hat dir nicht gesagt worum es geht?"

„Nein, nicht wirklich. Aber du kennst ja diese Drogenbarone. Immer etwas paranoid."

„Ja, sicher. Da kommt ein Besucher aus San Francisco gerade recht um unliebsamen Widersachern eine Botschaft zukommen zu lassen.

„Rede doch nicht so. Er wäre tatsächlich bescheuert, wenn er dich anrühren würde. – Und? Was meinst du nun? Falls du nicht willst, meinetwegen. Dann schicke ich einen anderen. Vielleicht Pat."

„Pat! Nein, nein. Ich mach das schon."

„Bestens. Du fliegst morgen früh um neun mit Pan Am. Die Tickets sind schon hinterlegt."

„Gut. Du hörst von mir. Bis dann."

Frank legte auf und fuhr sich durch die Haare. Er war nicht unbedingt ein Abenteurer; mit Reisen die ins Ungewisse führten, hatte er noch nie etwas anfangen können. Und wenn ihn diese obendrein in die Reichweite irgendwelcher Drogenhändler führten, konnte er seinen Geist vor befürchtenden Gedanken nicht ganz bewahren.

Der Trip nach Bogotá

Der Flug begann furchtbar. Wohl hatte das Flugzeug keine Verspätung, die Klasse war die erste und die Bordstewardessen ebenso freundlich wie schön. Doch diese Annehmlichkeiten wurden durch seinen Sitznachbar mehr als ausgeglichen. Dieser Typ war einfach nicht aufzuhalten. Bisher hatte Frank immer geglaubt seine ruhige Art und sein Auftreten würden eher abschreckend, oder zumindest gesprächshindernd wirken. Aber diese Einschätzung mußte er noch vor dem Start begraben. Dabei hatte es ja ganz nett angefangen. Denn zu Anfang, gleich nachdem sich Frank hingesetzt hatte, begannen die Flugbegleiter damit die Gäste in besondere Bestimmungen, wie zum Beispiel dem Ausschalten aller Handy's, einzuweisen. Normalerweise hätte er sich nicht angesprochen gefühlt, schließlich gehörte er nicht zum geradezu explodierenden Volk der Handybesitzer. Doch Big Daddy hatte darauf bestanden über wichtige Neuigkeiten sofort informiert zu werden und ihm sozusagen eines aufgezwungen. Wie gesagt, war es anfangs wirklich auszuhalten und auch im ersten Moment nachdem er sich seinem Nebenmann zugewandt hatte, schien das Ganze nicht über den belanglosem Smalltalk hinauszugehen. – Hallo, mein Name ist Edward, hoffentlich stürzen wir nicht ab. Und so weiter und so weiter. Ein gewohntes Gespräch zu Anfang eines Fluges eben. Doch wie so oft trügte der Schein. Frank war seinem neuen Freund, wie sich später zumindest für Edward herausstellen sollte, freundlich entgegen getreten. -

Ein Fehler, den er die nächsten Stunden schwer bereuen sollte.

Edward erzählte ihm einfach alles. Von seiner Familie, den zwei Töchtern, seiner Frau, die er auf seiner Geschäftsreise mindestens einmal betrügen würde, der Lebensversicherung und seinem Traum einmal einen Mercedes zu besitzen. In diesem Redeschwall und nicht enden wollenden Geschichte, merkte der gute Edward kein einziges Mal, dass sich Frank permanent die Schläfen massierte um nicht einem ausladenden Schreikrampf zu verfallen.

„Ich sage dir Frank," Edward hatte bereit nach wenigen Minuten einen sehr freundschaftlichen Ton angeschlagen „... die Weiber in Kolumbien sind einsame Spitze. Mit Verlaub, ich bin ja schon ziemlich in der Welt herumgekommen, aber dort haben die Frauen einfach das gewisse Etwas!"

Ja genau. Besonders die auf den Straßen und in den Puffs, dachte sich Frank. Wohingegen er sagte: „Wirklich. Dabei hört man kaum etwas von ihnen oder dem Ruf." Im Grunde hätte er wohl besser überhaupt nicht mehr an diesem Gespräch teilgenommen, aber da er fürchtete dies könnte Edward nicht interessieren und auch nicht hindern, beteiligte er sich zumindest zeitweise mit kurzen Bemerkungen.

„Ja, ich weiß. Aber das ist es doch gerade.", sagte Edward euphorisch und wandte sich mit großen Augen zu seinem Nebenmann. Der Geschäftsmann mit der hohen Stirn und der Brille reiste nun schon seit fünf Jahren regelmäßig nach Südamerika. Wobei Kolumbien eines der häufigeren Ziele war. Edward Jamice war Kaffeeeinkäufer und kannte sich tatsächlich recht gut in Kolumbien, Peru und Brasilien aus.

„Also, wenn du willst, zeige ich dir gleich nach der Landung einige Läden, ich sage dir, sowas hast du noch nicht erlebt!", versprach er fröhlich.

Frank schaute ihn einen Augenblick nichtssagend an. Tatsächlich wunderte es ihn ein wenig, warum Edward zu solchen Mitteln griff. Er sah nicht besonders schlecht aus und hatte augenscheinlich auch keine Probleme damit andere Menschen anzusprechen. – Nein, das ganz sicher nicht. Frank schmunzelte in Gedanken. Doch womöglich wurde er nur durch die Vorfreude auf die willigen Frauen so locker und offen. Für Frank war es nicht mehr als eine Vermutung und er wußte nicht wie nahe er der Wahrheit damit kam.

Nach zwei Stunden konnte sich Frank endlich eine Verschnaufpause gönnen. Auch wenn er seine üblichen acht Stunden Schlaf schon vor dem Flug hinter sich gebracht hatte, befiel ihn doch noch ein Gefühl von Müdigkeit. Und er war heilfroh darüber, dass Edward zumindest das anerkannte und Ruhe gab.

Er schlief etwa drei Stunden. Als er aufwachte befand sich die 767 bereits im Landeanflug auf Kolumbiens Hauptstadt und Frank legte den Sicherheitsgurt an. Er bedauerte ein wenig auf einem Innenplatz, zum Gang hin zu sitzen und dass ihm so die Sicht aus dem Fenster, bis auf einen kleinen Rand oberhalb von Edwards Haar verwehrt blieb. Wobei er am Ende doch noch Glück zu haben schien. Denn erst jetzt und nachdem Edward seinerseits eingeschlafen war und die Lehne etwas zurück gestellt hatte, konnte Frank einen Blick nach draußen werfen. Die Flughöhe war mittlerweile so gering, dass man die Wolkendecke durchbrochen hatte und sich nur noch einige weiße Fetzen um das Flugzeug hielten. Unter sich sah Frank feuchte grüne Hänge. Man konnte beinahe schon fühlen wie die hohe Luftfeuchtigkeit auf einem lasten würde sobald man dem klimatisierten Rumpf des Flugzeugs entstiegen war. Und auch wenn es nicht so aussah, herrschten wohl mindestens dreißig Grad im Schatten. Frank atmete tief durch und schaute ungläubig auf seinen Anzug. – Schwarz mit silbergrauem Hemd und einer Krawatte im gleichen Ton. Ganz sicher nicht die passende Kleidung um sich hier auf Anhieb wohl zu fühlen.

Er zog sich vom Fenster zurück und weckte Edward mit einem Stups an die Schulter.

„Wir sind schon da?"

„Ja, beinah."

Während die Passagiere das Flugzeug verließen verloren sich die Beiden aus den Augen.

Erleichtert darüber, dass er sich im Gegensatz zum Großteil der übrigen Fluggäste nur mit seinem Handgepäck abmühen mußte, fädelte sich Frank in den regen Verkehr der Gangway ein. Nichts war schweißtreibender als einen dieser riesigen Samsonites auf winzigen Rollen durch einen Flughafen zu schleifen.

Hier, wie auch im Flughafen selbst, arbeiteten unzählige Klimaanlagen und man merkte noch nichts von der bedrückenden Hitze, die einen schließlich wenige Meter nach den großen Glastüren wie eine Wand empfing. Doch noch war es nicht soweit. Immerhin hatte Frank überhaupt keinen Schimmer wie es weitergehen sollte. Big Daddys Anweisungen hatten sich in Grenzen gehalten. Aufmerksam, aber kaum nervös, blickte sich der Besucher um und versuchte in dem wuselnden Gedränge einen Hinweis, ein Schild mit seinem Namen zu finden.

Allerdings war daran in den ersten Minuten überhaupt nicht zu denken. Frank war nicht gerade das, was man allgemeinhin als Vielflieger bezeichnen würde. Nein ganz sicher nicht. Bis auf einen Flug nach Florida zusammen mit seiner Frau im vorangegangenen Winter und ein paar minütige Trips zu Big Daddys Sommersitzen um L.A. und Sacramento war er in dieser Beziehung noch jungfräulich. Dementsprechend fühlte er sich auch etwas überwältigt von den Eindrücken und den Anstrengungen der Reise.

Wie ein Stein, der sich gegen die kräftigen Fluten eines Gebirgsbaches stemmt und einfach nicht weichen will, blieb Frank im beeindruckenden Hauptterminal stehen und blickte mit großen Augen, die so gar nicht zu seinem Auftreten paßten, in die Gegend. Das er dies nicht auch schon in San Francisco getan hatte fiel ihm nicht auf. Vermutlich war er einfach zu sehr auf die Abflugzeit fixiert gewesen um sich im kindlichen Staunen zu verfangen. Für einen kurzen Moment fühlte er sich alleingelassen, hilflos in den Fluten in die man ihn einfach so geworfen hatte. Doch dann kehrte er zurück zu seiner Routine. Vermutlich wußten seine Gastgeber mehr von ihm als er von ihnen und so war er sicher, gefunden zu werden.

Nach fünf Minuten und einigen Remplern von hastigen Reisenden, besann sich Frank eines Besseren und wagte den Gang zum Rand des sich dahinwälzenden Stroms. Und eben, als hätte er versucht den Mississippi zu durchschwimmen, wurde er einige Meter weit abgedrängt. Froh aus dem Gewühl herausgekommen zu sein, ohne sich ernste Verletzungen zugezogen zu haben, setzte sich auf eine Bank. Er atmete durch und blickte auf seine Uhr. Schmunzelnd stellte er fest, dass sich der Chronometer, seinerzeit ein Geschenk von Big Daddy persönlich, bereits auf die Ortszeit eingestellt hatte.

Immer wieder interessant. Überlegte man nicht genau, hatte der sechsstündige Flug tatsächlich nur drei Stunden gedauert. Aber auch dieses kleine Gedankenspiel befreite Frank nicht von seiner schlaffen Müdigkeit. Trotz, oder gerade wegen des Schlafs im Flugzeug, fühlte er sich als habe er die Nacht auf einer ungemütlichen Couch verbringen müssen.

Unbewußt fuhr seine Hand quer über das Gesicht und hielt nur kurz über den Augenhöhlen inne. – Ein Drink, eine kühle Erfrischung, das heißt in seinem Fall ein schöner, heißer Kaffee, pechschwarz wenn es ginge. Das wäre jetzt sicher das Beste um einen klaren Kopf zu bekommen, dachte er und hob wieder seinen Blick.

„Zucker?"

„Nein, danke."

Frank atmete genüßlich den Duft des Kaffees ein und spürte sofort wie neue Kraft und Wachheit in seinen Körper zurück strömte. Nach dem ersten Schluck, fühlte er sich wie neu geboren. Nach dem zweiten dachte er so klar wie eh und je und nach dem dritten merkte er, dass er einen großen Fehler begangen hatte. Einen Fehler der womöglich nicht wieder gut zu machen war und schlimme Auswirkungen nach sich ziehen würde.

Er war ja so ein Idiot. Die flache Hand wäre um ein Haar klatschend auf seiner Stirn gelandet. Beinahe!

„Verdammt!", zischte Frank verärgert, ließ den Kaffee unbezahlt im Stehkaffee zurück und hastete mit seiner Aktentasche an das Terminal von wo er den Flughafen betreten hatte. Wie hatte er nur vergessen können, dass man ihn erwartete und dass irgendein armer Kerl vermutlich schon völlig entnervt sonstwo auf ihn wartete? Er konnte es sich nicht erklären und verurteilte sein Verhalten als absolut amateurhaft. Etwas, das ihm noch nichtmal in den frühen Jahren hätte passieren können, war ihm während einem wichtigen Auftrag widerfahren. Frank knurrte vor Wut als seine Lederschuhe über den Boden hasteten.

Wie lange war er weggewesen? Fünfzehn, zwanzig Minuten? Oder sogar noch mehr? Sein Zeitgefühl ließ ihn völlig im Stich. Sein Gehirn benötigte jegliche Kraft um sich auszumalen wie die Geschäftspartner von Big Daddy auf eine solche Beleidigung reagieren mochten.

Dann, ebenso plötzlich wie er losgeeilt war, stoppte Frank. Ein kleiner Mann mit einer beigen Hose und blauem Hemd stand wie aus dem Nichts direkt vor ihm und hielt ein Schild mit einem Namen über seinen Kopf. Franks Namen.

Er sah überhaupt nicht aus wie ein Abgesandter eines Drogenmoguls. Was ja auch einigermaßen doof gewesen wäre, - sondern viel mehr nach einem ahnungslosen Taxifahrer. Dennoch nahm sich Frank vor von nun an nichts mehr dem Zufall zu überlassen. Tief durchatmend strich er sich seinen Anzug glatt, schluckte nochmals und ging auf den Mann zu. Franks Spanisch war nicht das beste, eingerostet und zu allem Übel in einer derartigen Situation überhaupt noch nicht auf die Probe gestellt worden. Dennoch reichte es aus.

„Ich befürchtete schon, sie seien nicht an Bord gewesen.", sagte der Mann, nachdem sich Frank vorgestellt und für sein Verspäten entschuldigt hatte. Inzwischen war in diesem Teil, nahe des Ankunftsterminals, lange nicht mehr so viel los und die beiden Männer stachen beinahe heraus.

„Ja. Ich hab wohl ein wenig die Orientierung verloren."

„Na, macht ja nichts. Schließlich sind Sie da.", stellte der kleine Mann gut gelaunt fest und reichte Frank zur vollständigen Begrüßung die Hand.

Während sie gemeinsam in Richtung Ausgang gingen erhärtete sich Franks Verdacht, dass man ihm niemanden von hohem Rang geschickt hatte und er durchatmen konnte. Es war noch mal gut gegangen.

Als sie in die Sonne hinaus traten und zum Wagen gingen, fand Frank in zwei Dingen endgültige Bestätigung: Zum einen hatte er wohl von Sinnen sein müssen als er seine Garderobe ausgewählt hatte. – Der Temperatur und Luftfeuchtigkeit mußte er unter seinen Achseln schon nach wenigen Schritten an der frischen Luft Tribut zollen. Und zum zweiten war sein Begleiter tatsächlich nur ein Taxifahrer. Wobei dieser Begriff natürlich der Oberflächlichkeit anzulasten wäre, - denn Miguel, der Sohn eines Bergbauern und einer netten Prostituierten, die seinen Vater nur zwei Stunden, während eines Vergnügungstrips in die große Stadt, gekannt hatte, war Vertragsfahrer einer Limousinenvermietung. Eine Firma, die es womöglich nur gab, da die meisten Menschen das Gros südamerikanischer Großstädte für besonders gefährlich hielt.

Speziell gut gestellte Europäer und Nordamerikaner schienen kaum auf diesen neuen Service verzichten zu können. Womit etwaigen kriminellen Elementen ungeahnt simple Möglichkeiten geboten wurden.

Denn meistens waren die als kugelsicher deklarierten Scheiben einfach nur getönt.

Aber Frank hatte nichts zu befürchten und wäre auch mit einem schlichten Taxi zufrieden gewesen. Nichtsdestotrotz nahm er die Lederausstattung und eine Minibar respektierend zur Kenntnis.

Coffeejob

Eigentlich war alles gut, um nicht zu sagen hervorragend verlaufen. An sich hätte Edward in Ruhe und mit einem schönen Gefühl des Erfolges in seinem Hotelzimmer einschlafen können, um vom Prämienurlaub in Peru zu träumen. Im Grunde hätte alles so wunderbar gewohnt sein können: Eine erfolgreiche Geschäftsreise, erfolgreich in jeder Beziehung, ein spaßiger Rückflug mit einem neuen Freund und schließlich gekrönt mit dem von der Familie ersehnten nach Hause kommen.

Doch Edward lag nunmal in dieser verdammten Gosse. Mit Kopfschmerzen, die seinen Schädel jeden Moment zu sprengen drohten, einer blutenden Stirn, gebrochenen Rippen und einem Körper, der von Flecken übersät war wie der Teppichboden im Pornokino. Er war halb bewußtlos und nahm die Schmerzen nur durch einen dumpfen Schleier wahr. Nur das ölige Wasser der Pfütze, in die er gestrauchelt war, spürte er auf seiner Haut; merkte wie der Stoff an seinem Körper klebte und ihn noch mehr nach unten zog. Schon irgendwie merkwürdig, da herrschten den gesamten Tag über brachiale Temperaturen, selbst die Sonne zeigte sich von Zeit zu Zeit und dennoch gab es in den unzähligen Hinterhöfen noch mehr von diesen brackig, stinkenden Drecklachen, die einem verlassenen Hafenviertel in London wesentlich besser zu Gesicht gestanden hätten.
Sein Hemd war zerrissen und hing nur noch als Lumpen an seinem Oberkörper. Die meisten Wunden

waren bereits blut - und schmutzverkrustet und hörte man genau hin, so meinte man fast, das Atmen des Bewußtlosen wäre in das eines Schlafenden übergegangen.

On the road

Die Fahrt führte zunächst mitten durch die Innenstadt. Frank war nun sehr aufmerksam. Sobald er sicher sein konnte, dass sein Fahrer nach vorne und nicht in den Innenspiegel schaute, wandte sich Frank seinerseits den beeindruckenden Dingen zu, die vor der dunklen Autoscheibe vorbeizogen. Nicht dass er sich seiner Neugier wegen schämte, aber irgendwie kam er sich etwas hinterwäldlerisch vor, obwohl er selbst aus einer Großstadt kam die zu den interessantesten der USA gehörte. Und obwohl sich Millionenmetropolen sicher in vielen Dingen ähneln, war es hier doch soweit anders um die Augen des Amerikaners ein ums andere Mal zu fesseln.

Auf den ersten Blick erschien das Verkehrsbild wie das reinste Chaos. Unzählige Fahrstreifen; eine kunterbunte Mischung aus Autos, Lkws und allen möglichen Zweirädern, Gehupe und Geknatter vereinigte sich zu einem lebendigen Bild, einer sich dahinwälzenden Masse. Hier als untrainierter Tourist die Straße zu überqueren, erschien nicht weniger gefährlich als ein Minenfeld zum Picknick auszuwählen.

Sie fuhren weiter. Frank meinte zu erkennen, dass sie das direkte Zentrum wieder verließen, in südlicher Richtung. Er dachte sich nichts dabei und gönnte sich einen Blick durch das ebenfalls dunkel eingefärbte Schiebedach über den Sitzen im Fond.

„Sind Sie zum erstenmal hier in Bogotá?", fragte Miguel und schaute nur für einen kurzen Moment in den Spiegel.
Frank fühlte sich fast bei etwas ertappt und zögerte.
„Ich? Ja, es ist das erste Mal für mich.", sagte er dann doch schnell und lächelte. Schon merkwürdig wie rasch sich Menschen verändern, sich ihrer Umgebung anpassen und letztendlich nicht mehr wieder zu erkennen sind.

Frank blickte wieder aus dem Fenster. Fast verträumt beobachtete er die rege Geschäftigkeit, die allenfalls mit einem Ameisenhaufen zu vergleichen war und wurde sich bewußt wie fern andere Dinge bei einem solchen Anblick sein konnten. Er fühlte sich als Reisender der bereits Tage, wenn nicht gar Wochen unterwegs war. Sonderbar; aber so war es nunmal.

„Wie lange wird die Fahrt denn dauern?"
Der Fahrer lächelte freundlich in den Rückspiegel.
„Schwer zu sagen. Der Verkehr ist unberechenbar, zumindest hier in der Stadt. Aber später wird es besser werden."
Interessiert überlegte sich Frank wo ihn dieser Trip hinführen würde. Kurz träumte er von einer gewaltigen Villa mit weißen, grob verputzten Wänden und Grund und Boden, der ein Auto nötig machte um ihn zu umrunden.

Zwei Stunden später begann Frank jedoch an dieser Vorstellung zu zweifeln. Zwar war er nun wirklich aus der Stadt, ja beinahe der Zivilisation heraus und ein so fürstliches Anwesen hätte im Prinzip in diese menschenleere Gegend auch bestens gepaßt; doch die Straße, der Feldweg, auf dem sie gemächlich dahinrumpelten erschien ihm einfach nicht standesgemäß um zu Reichtum und Macht zu führen. Ein Schlagloch jagte das andere, die Staubwolke von mehreren Dutzend Metern zog sich wie eine gigantische Schleppe hinter dem schwarzen Auto her und Fahrrillen, so tief, dass man fürchtete der Wagen würde jeden Moment stranden, hatte man aus dem Boden herausgewaschen.

Die Vegetation wechselte recht abrupt. Sah man hier noch grüne Bäume, wurden sie im nächsten Moment auch schon von Dornbüschen und Gras durchbrochen. Aber eines schien beständig. Die Hitze. Es mußte da draußen höllisch sein. Und zusammen mit der Luftfeuchtigkeit wurde einem das Wasser förmlich aus den Poren gesogen. Nur gut, dass Frank davon nicht viel mitbekam. Klimaanlage sei dank. Es war eine wahre Freude die unerbittlichen Temperaturen hinter den getönten Scheiben zu betrachten, während im Inneren des Wagens kühle 20 Grad dafür sorgten, dass einem nicht die kleinste Schweißperle die Stirn hinunterlief.

„Ein großartiges Land, nicht wahr?", sagte Miguel mit einem Stolz in der Stimme, den so mancher von einem Chauffeur nicht erwartet hätte.

„Oh ja. Beeindruckend.", antwortete Frank.

Leicht, aber doch stetig stieg nun der Feldweg an und führte auf eine kleine flache Anhöhe. Sie lag hoch genug, um sich einen recht guten Rundblick verschaffen zu können. Hier standen wieder etwas weniger Bäume und die Umgebung wurce bestimmt durch hohes Gras und allerlei Sträucher und Büsche.

Zu Franks Verwunderung stoppte der Wagen. Ohne ein Wort der Erklärung zu verlieren stieg Miguel aus, kam nach hinten und öffnete seinem Fahrgast die Tür. Die plötzlich in den Wagen dringende Helligkeit blendete Frank und er konnte trotz der über die Augen gelegten Hand nichts erkennen.

„Wo sind wir?"

Miguel zeigte sich einigermaßen überrascht über diese Frage.

„Mir sagte man, ich müsse Sie hier her bringen. Ich habe keine Ahnung worum es geht."

Die Augen von Frank hatten sich inzwischen soweit an die veränderten Lichtverhältnisse angepaßt, dass er wieder sehen konnte. Er stieg ebenfalls aus und blickte sich kurz um.

„Aber hier ist doch nichts.", sagte er mehr zu sich selbst. Natürlich konnte er nicht erwarten, dass Miguel über die Aufgabe seiner Reise Bescheid wußte. Doch für Frank war das alles ein großes Rätsel. Er konnte sich einfach keinen Reim darauf machen warum man sich allem Anschein nach so viel Mühe gab einen abgeschiedenen Ort aufzusuchen und dann keinen Eingeweihten mit der Aufgabe betraute.

Allerdings blieb kaum Zeit um sich ein klareres Gedankengebilde zusammen zu setzen, denn sein Fahrer machte sich bereits drauf und dran wieder loszufahren, wohl ohne ihn. Frank geriet für einige Sekunden in eine arge Zwickmühle. Sicher, er wollte niemanden und zuletzt Big Daddy enttäuschen, aber dieses Spiel erschien ihm mehr als merkwürdig und auf einige Tage in dieser menschenleeren Gegend konnte er herzlich gern verzichten. Aber was konnte er schon tun? Abwarte, so lange bis sich all dies von allein erklärte? Letztendlich ging er das Risiko ein und schob die Erklärung für diese ungewöhnliche Vorsicht auf die Sperenzchen eines Paranoikers. Und diesen mußte man sich eben fügen, wollte man Geschäfte machen.

Gerade als sich Frank soweit über seine Lage klar geworden war, fuhr Miguel auch schon los. Der Zurückgelassene drehte sich weg und hielt sich den Hemdsärmel vors Gesicht, um der aufsteigenden Staubwolke zu entgehen.

Alleingelassen

Mit zusammengekniffenen Augen und dem teuren, aber völlig unbrauchbaren Jackett in der Hand, schaute Frank dem schwarzen Wagen hinterher bis nichts außer dem aufgewirbelten Staub von ihm zeugte. Schon der nächste Blick ging nach oben. Zum Himmel. Frank schwitzte. Er atmete tief aus und entledigte sich seiner Krawatte. Aber das reichte bei weitem noch nicht um sich auch nur annähernd wohl zu fühlen. Zwei weitere Knöpfe und das Hochstreifen der Ärmel brachten zumindest für den Moment eine gewisse Erleichterung.

So. Hier war er nun. Allein. Unwissend und hilflos. Er stand mitten im Nichts, in der wirklichen Wildnis. Immerhin war das Südamerika. Frank dachte an die letzten Fetzen von Erinnerungen, an Naturfilme, wilde Tiere, Raubkatzen, Giftschlangen und dergleichen. Es war für ihn kaum mehr vorstellbar, am Morgen des gleichen Tages in seinem eigenen Bett aufgewacht und sich freiwillig zu diesem Trip entschlossen zu haben.

Aber sich darüber jetzt aufzuregen wäre ebensowenig hilfreich wie angebracht gewesen. Es war nunmal eine Tatsache, dass er sich hier befand. Nun mußte er aus der Situation das Beste machen.

Frank schaute sich weiter um. Auf die freie Anhöhe folgte nach ungefähr vierhundert Metern ein dichter, urwüchsiger Wald wie man ihn sich nunmal meistens vorstellt wenn von Südamerika die Rede ist. Erst jetzt viel dem Fremden auf, welche Geräuschkulisse an diesem Ort herrschte. Nicht dass die Laute die von der stillstehenden Luft übertragen wurden, sonderlich laut waren. Nein das Fremde, Exotische daran, war die Eindringlichkeit. Vögel, deren Gesang Frank noch nie gehört hatte, Affen und all die anderen Wesen die man als Fremdkörper niemals zu Gesicht, sondern nur zu hören bekam.

Und plötzlich freute sich Frank, dass alles so gekommen war. Eine Erfahrung an die er sich noch in Jahren erinnern würde, schien sich anzubahnen und mit jeder verstreichenden Minute wollte er sie weniger missen.

Sein Blick wanderte nach unten, landete bei den flachen Lederschuhen und verwandelte sich in ein zweifelndes Lächeln. Im Moment war der Boden hart und trocken als hätte seit langer Zeit kein Tropfen Wasser den Weg auf dieses Stückchen Erde gefunden. Er konnte nur vage Vermutungen anstellen was passieren würde wenn es anfing in Strömen zu regnen. Aus seiner Kindheit, in der er Dokumentationen über Flora und Fauna nur so verschlungen hatte, drang der Gedanke eines täglichen Schauers in sein Bewußtsein. Doch schon im folgenden Augenblick wurde ihm klar, dass er sich doch ein beträchtliches Stück vom Äquator entfernt befand. Es ließ sich also auf ein trockenes Treffen zwischen ihm und Montego hoffen.

Nach einigen Minuten, er war ein wenig umhergeschritten, entdeckte er eine kleine Hütte. Vollkommen aus Holz gefertigt, mußte sie schon so manchen Sturm überstanden haben. Die Winde und das Wetter hatten sie zwar außer Form gebracht, aber nicht umgeworfen. Auch wenn es so aussah als könne dies jede Minute geschehen. Die Seitenwände waren schief, das Dach schob sich irgendwie zur Seite hin und Löcher übersäten das gesamte Gebilde.

Trotz der leichten Wolkendecke brannte Frank die Sonne im Nacken und er spürte wie sein Schweiß erhitzt wurde. Die Sehnsucht nach einem schattigen, kühlen Platz wurde immer größer und er trat auf die Hütte zu. Sie besaß noch eine Tür, die sich ohne Anstrengung bewegen ließ. Knarrend zog er sie auf, wobei er vorsichtig vorging als betrete er ein Haus aus Papier. Bedacht darauf ja nichts kaputt zu machen, lehnte er die von einem Querbrett zusammen gehaltenen Leisten an die schiefe Wand. Die Scharniere waren vom Rost angefressen und bereits porös. Sofort stieß Frank ein Schwall wabernder, muffeliger Luft entgegen. Es war kaum zu glauben, aber hier war noch weniger Bewegung in der Luft als draußen. Er wich zurück, ging schließlich aber doch hinein. Das Mobiliar war nicht vorhanden. Mit Ausnahme eines kleinen Hockers, der aber ebensogut ein Baumstumpf hätte sein können. Tatsächlich war er es einmal gewesen. Man hatte ihn nur etwas abgehobelt. Der Boden war nicht durch Holz oder auf eine andere Art abgedeckt. Jedoch hatte man ihn geschickt eingeebnet und plattgedrückt, dass man fast meinte auf einer geteerten Straße zu laufen. Nur an wenigen Stellen spürte man kleine Erdkügelchen, - Sand auf einem Parkplatz.

Überall drang durch die zahllosen Löcher die Sonne. Die zwei Fenster waren von Innen durch Riegel verschlossen. Er ging zu ihnen und beschloß für Durchzug zu sorgen. Dann, so glaubte er, würde sich bestimmt die gemütliche Atmosphäre einstellen, die er sich gewünscht hatte.

Und in der Tat, nach einigen Minuten war von der früheren stickigen Luft nichts mehr zu spüren. Entweder war sie wahrhaftig gewichen, oder aber Frank hatte sich einfach daran gewöhnt. Auf jeden

Fall kräuselten sich nicht mehr seine Nasenhaare wenn er tief einatmete.

Ein kleiner Freund

Frank beschloß geduldig zu sein und so lange zu warten bis etwas passierte. Die Tatsache, dass er überhaupt keine andere Alternative, bis auf das ziellose Herumirren hatte, beeinträchtigte seinen Entschluß kaum.

Er setzte sich auf den Boden, der Hocker war ihm bereits zu Anfang reichlich unbequem erschienen, was sich durch einen Sprießen in seinem Hinterteil auch gleich bestätigt hatte und lehnte sich gegen die Wand. Er winkelte die Beine an, legte Jackett und Arme darauf und wartete. Frank befand sich so in genauer Linie zur Tür und konnte gut nach draußen sehen.

Es war nun kühler in der von Sonnenfäden durchbrochenen Hütte, ja beinahe so angenehm, dass Frank eingenickt wäre, hätte ihm nicht ein putziges Insekt schon nach kurzer Ruhephase Gesellschaft geleistet. Eine Fliege, so klein und mit einem hohen Summen, das Frank sofort an ein Moskito und somit auch an die Unzahl der durch diese Geschöpfe übertragenen Krankheiten dachte, schwirrte durch den schattigen Raum. Anfänglich war das Fluggeräusch wie aus einem Traum gewesen. Anschwellend und abschwellend, je nachdem wie nahe das Insekt Franks Ohr gerade kam, hätte es ihn fast noch tiefer in sein Dösen absinken lassen.

Doch schließlich hatte es sich doch noch dazu entschlossen das zu tun wozu es nunmal bestimmt war.

Franks müder Reflex war Stunden zu spät gekommen und hatte nur die verlassene Stelle an seinem Hals erwischt. Er war in solchen Dingen nicht geübt und wäre auch in hellwachem Zustand zu langsam gewesen um den schnellen Blutsauger den Garaus zu machen. Auch der Versuch die Flugbahn hervorzusehen oder sie zumindest nachzuvollziehen scheiterte kläglich. Im Halbdunkel der Hütte war nichts als das hohe, verräterische Summen auszumachen und Frank schreckte schon im Voraus zurück, drehte seinen Kopf und blickte sich gespannt um sobald der Ton lauter wurde.

Daraus entwickelte sich über die nächsten Minuten eine Art Spiel. Fast wie mit dem Werfen eines Stockes, der vom Hund zurück gebracht wird, kehrte das Moskito immer wieder zurück nur um dann doch abzudrehen und Frank in Ruhe zu lassen. Wobei, was heißt in Ruhe zu lassen? Gut, Frank wurde nicht mehr gestochen, jedenfalls merkte er nichts davon, aber an Gelassenheit war trotzdem nicht zu denken.

Nach einer Stunde, die Bedrohlichkeit hatte gewaltig abgenommen, mußte Frank über sich selbst schmunzeln. Als kleiner Junge war er ein richtiger Naturbursche gewesen. Der von fernen Reisen in exotische Länder und wilden Tieren geträumt hatte. Und nun als erwachsener Mann und nebenbei hochgradig Krimineller, ließ ihn ein winziges Insekt die Ruhe verlieren.

Mit diesem Gedanken entwich jegliche Sorge um eine Infektion aus ihm. Sicher war er im Verlauf seiner Reise schon dutzendfach den listigen Stechern zum Opfer gefallen. Außerdem war die Wahrscheinlichkeit an ein infiziertes Moskito zu geraten in der Stadt, mit all den Millionen Menschen als Wirte, sicher ungleich höher als hier in der Wildnis weit weg von einer größeren menschlichen Siedlung.

Es war faszinierend aber schon wenige Momente nachdem er sich dieser Tatsache klar geworden war, verschwand sein kleiner Freund und Frank war wieder allein in seiner Hütte. Die Zeit verging nun langsamer, zog sich dahin wie Kaugummi auf einer warmen Straße und schien manchmal sogar zurück zu schreiten.

Schließlich wurde es spät, abend, doch Frank schwitzte unvermindert. Er fühlte wie die vielen Schweißperlen an seinem Körper hinunter rannen. Dabei war es kurios und spannend zugleich wie leicht man eine dieser kleinen salzigen Perlen im Geiste isolieren und ihren Weg genau verfolgen konnte. Man mußte sich einfach nur auf eine spezielle Hautpartie konzentrieren und dann auf den Tastsinn der Epidermis vertrauen und schon überzog ein feines Netz aus wässerigen Wegen Franks Körper. Über all das mag man lächeln, doch war es gut diese Beschäftigung zu haben. So merkte Frank nicht wie die bedrückende Atmosphäre seine Denkfähigkeit einschränkte. Er war diese Temperaturen, das Klima überhaupt nicht gewöhnt und sein Gehirn kämpfte mit der lustlosen Müdigkeit.

Stunden waren vergangen. Frank vermißte den summenden Freund und trauerte den Schweißtropfen nach die nunmehr ausblieben, weil die Temperatur soweit gesunken war. Im Grunde war nichts, überhaupt nichts geschehen. Mittlerweile war sein Geist wieder klarer. Jedoch hatte dies den Nachteil, dass er permanent versuchte dahinter zu kommen was das ganze Theater hier eigentlich sollte, was dahintersteckte. Er überlegte lange und kam dennoch zu keinem befriedigenden Ergebnis. Man hatte ihn verarscht!

Frank war wieder eingedöst als das Geräusch von Reifen auf einer sandigen Piste ihn aufschrecken ließ. Ein routinierter Griff unter seine linke Achsel faßte ins Leere. Im Zuge eines ungerechtfertigten Vertrauens und aufgrund der verschärften Kontrollen an internationalen Flughäfen hatte er seine Smith & Wesson daheim in Frisco gelassen.

„Verdammt!", entfuhr es ihm. Normalerweise vergaß er solche Dinge nicht. Auf Knien und mit nun hellwachen Augen schlich er sich zur Tür. Er spähte nach draußen und sah wie sich breite Scheinwerferkegel in die Dunkelheit fraßen und - dies war nun wirklich beeindruckend und lenkte Franks Aufmerksamkeit eine ganze Weile ab - von unzähligen Augenpaaren in der Dunkelheit reflektiert wurden. Der Wagen stoppte, der Motor verstarb, die Scheinwerfer wurden auf Abblendlicht geschaltet, - alles war ruhig. Frank konzentrierte sich wieder, fixierte den Wagen scharf und versuchte irgend etwas zu erkennen. Er richtete sich auf und verbarg sich halb hinter dem Türrahmen. Besaßen die Insassen nicht gerade Infrarot-Nachtsichtgeräte war Frank für sie ebenso unsichtbar wie sie für ihn. Dennoch fühlte er sich nicht wohl in seiner Haut. Falls das eine Falle war, konnten sie damit rechnen wo er sich gerade befand und dies war kein sonderlich beruhigender Gedanke. Wobei ihn das Bild einer verchromten Waffe, fern im heimischen Schlafzimmer nicht gerade besser machte.
Mit einem Mal zuckte Frank wie unter einem hart geführten Schlag zusammen. Auf der Fahrerseite des

Wagens flammte ein Feuerzeug auf, gefolgt von der Glut einer Zigarette. Frank wurde sauer. Diese offensichtlich zur Schau getragene Gelassenheit fraß sich in seinen Stolz wie ein Brandzeichen. Für wen hielten diese Drogenburschen ihn denn? Einen kleinen Handtaschendieb aus Frisco? Frank beschloß die Initiative zu ergreifen. War dies eine Falle mußte er ohnehin handeln und wollte man ihm einfach nur einen kleinen Schrecken zur Begrüßung einjagen, würde er eben auf dieselbe Weise kontern.

Geschickt hielt er sich in Bodennähe. Er kam denkbar langsam voran und robbte beinah durch das Gras. Er schlich nach rechts und entfernte sich immer weiter aus dem direkten Blickfeld zwischen Wagen und Hütte. Innerlich wuchs die Spannung ins Unermeßliche, jedoch schwang auch ein schönes Gefühl des Stolzes darin mit. Der Gejagte war in gewisser Weise zum Jäger geworden und das gefiel Frank wesentlich besser. Auch wenn es sein konnte, dass der Jäger geradewegs in sein Unheil schlich.
Frank indes kroch unbeirrt weiter. Nun war er hinter dem Wagen. Er blickte zurück und verfolgte die unsichtbaren Spuren. Er war sicher, dass diese Typen noch immer davon ausgingen er würde sich in der Hütte verbergen und mit seinem Schicksal hadern. Gespannt grinste er vor sich hin und freute sich auf die überraschten Gesichter, sobald er sie mit der Realität konfrontieren würde. Dass er unbewaffnet war und sich schon bald gut ausgerüsteten Gegnern gegenüber sah, schien er völlig vergessen zu haben. Nach der kurzen Pause bewegte er sich weiter. Nun aber nicht mehr weg, sondern geradewegs auf den Wagen zu. Stetig kam er näher und die Anspannung wuchs parallel dazu. Hart und schwer, erdrückend. Dabei rang er mit dem Wunsch einfach mit einem

Schlachtgeschrei auf sie zuzustürzen, nur um sich dieses schrecklichen Gefühls zu entledigen.

Früher hatten ihn immer diese Alpträume geplagt in denen er durch ein kleines Loch in Zaun oder Dach irgend etwas Schreckliches beobachtete. Interessanterweise erinnerte sich der kleine Frank niemals daran was er gesehen hatte, nur welche Angst er empfunden hatte in einem solchen Moment entdeckt zu werden. Und dies war dann auch immer eingetreten. So war er aufgewacht und hatte jedesmal gehofft diesen Traum nie wieder zu haben. Und doch wurde er von jenen Bildern bis in d e Pubertät heimgesucht.

So ähnlich erging es ihm, als er das Heck des Wagens erreichte. Vielleicht aus der Erinnerung von damals, sich selbst verteidigen zu müssen, besann er sich, dass er unbewaffnet war. Panisch schweifte sein Blick. Was konnte man schon mit den bloßen Händen ausrichten? Sicher, so ein Karatè-Shaolin-Typ vieles, aber Frank aus San Francisco rein gar nichts!, dachte er und suchte nach einem Knüppel oder Stein. Etwas ähnliches fand er dann auch. Wenngleich er mit beinahe allem, nur nicht diesem gerechnet hatte. Der Gegenstand, der wenige Momente nach seiner Entdeckung schwer in Franks rechter lag, mußte wohl von den selben Leuten stammen, die auch die Hütte errichtet hatten. Ähnlich wie die Scharniere der Tür, war auch der Schlepphaken für Holzstämme schon angerostet. Doch würde es sicher eine wahre Ewigkeit dauern, ehe es für das schwere Eisen ernsthafte Folgen haben würde. Im Moment jedenfalls, war das die beste Waffe, die sich Frank vorstellen konnte.

Er schlich weiter, nun fast milimeterweise. Noch immer hielt er sich am Boden, versuchend zu erahnen welchen Bereich der linke Außenspiegel wohl noch erfaßte. Zu allem bereit, tastete er weiter vor.

An der Fahrertür mußte er seine Waffe in die andere Hand nehmen. Seine Finger umklammerten das Metall wie ein Schraubstock. Ein Letztesmal zog er Luft in seine Lungen, dann hielt er den Atem an und riß die Wagentür auf.

Der Schrei klang wie das letzte verzweifelte Quieken eines Schweins, das dem Beil eines Metzgers aus Leidenschaft zum Opfer gefallen war. Und um ein Haar hätte Miguel ein ähnliches Schicksal ereilt auch wenn das Instrument wesentlich stumpfer war. Doch glücklicherweise hatte Frank seinen Schlag gerade noch eine so weite Richtungsänderung verpassen können, um den schweren Brocken Metall gegen die Kopfstütze rauschen zu lassen, nachdem er den Fahrer erkannt hatte.

Frank mußte wahrhaftig einen erschreckenden Anblick abgegeben haben. Aus der Dunkelheit, mit einem zur geifernden Fratze gewordenen Gesicht hatte er den armen Miguel angegriffen. Hilflos hatte dieser beim Aufschrei seine Zigarette zwischen die Schenkel fallen lassen.

„Oh Gott. Sie!"
Frank war wie vor den Kopf gestoßen. Eine Unmenge von Gedanken brach in seinen Geist und doch konnte er an nichts denken.
Es brauchte einige Augenblicke ehe er wirklich realisiert hatte was beinahe geschehen war.
Miguel war hingegen relativ schnell wieder bei Sinnen und zeigte, dass er allen Grund dazu hatte aufgebracht zu sein.
„Sind Sie verrückt geworden?", schre er mit unfaßbarer Miene dem Angreifer entgegen, der noch immer den Türrahmen und den Eisenhaken

umklammerte als wären sie fest mit seinen Händen verwachsen. Wie im Krampf behielt er seine Position. Erst nachdem Miguel zum zweiten Mal etwas gesagt hatte, konnte er sich entschuldigen.

„Um ein Haar hätten Sie mir den Kopf eingeschlagen!", schrie er und tastete sich schnell über den Hinterkopf um sich zu vergewissern, dass er tatsächlich davon gekommen war.

„Es tut mir leid. Ich weiß gar nicht was ich sagen soll. – Ich dachte, Sie wären jemand anders!", erklärte sich Frank stammelnd und völlig unverständlich, denn in der Hektik war er wieder in seine Muttersprache zurückgefallen. Er sank zu Boden und rang wie nach einem Tauchgang nach Atem und setzte erneut zu einer Erklärung an. Diesmal in spanisch.

Auf der langen Fahrt zurück nach Bogotá klärte sich so viel, dass Frank aus der Verwirrung überhaupt nicht mehr herauskam.

So war das lange Warten in dieser Hütte keinesfalls der Schachzug eines übervorsichtigen Mannes namens Ernesto Sarazin Montego, sondern das Produkt eines Mißverständnisses und schlichtweg einer Verwechslung. Frank konnte es kaum glauben, doch schließlich war er es, der dieses Dilemma so hautnah miterlebt hatte. Tatsächlich war er mit einem Grundstücksmakler verwechselt worden, jemandem der rein zufällig ebenso den schönen Namen Potter trug. Im Gegensatz zu Frank hatten ihn seine Eltern jedoch auf William getauft. William P. um genau zu sein. Aber da William von dem Versehen ohnehin nichts mehr erfuhr, da er erschossen irgendwo in Houston herumlag und sich deshalb verspätet hatte, sprachen Frank und Miguel nicht mehr darüber. Vielmehr beschränkten sie sich auf ein beruhigendes

Schweigen, das in Verbindung mit der erstklassigen Federung und einigen nur noch seichten Schlaglöchern den Gast aus den Staaten beinahe in sanfte Träume hätte hinübergleiten lassen. Aber auch nur fast. Denn als sie die Stadtgrenzen erreichten, sich Miguel für einen Moment nicht unter Kontrolle hatte und sich lautstark über einen nächtlichen Temposünder echauffierte, schnappten Franks schwere Augenlieder hoch als hätte ihm jemand ins Gesicht geschlagen.

„So wie Sie aussehen, wollen Sie nur noch ins Bett. Nicht wahr?"
Frank wäre Miguel am liebsten selbst die Antwort schuldig geblieben. Er fühlte sich hundemüde, schlapp und enttäuscht. Er wollte überhaupt nicht mehr darüber nachdenken wie er dieses Mißgeschick mit der Verwechslung wieder geradebiegen konnte. Er wollte nur noch schlafen.

„Ja, obwohl ich so kaputt bin, dass mir selbst eine Parkbank reichen würde!"
Miguel drehte sich erheitert zur Seite.

„Das glaube ich Ihnen aufs Wort, auch wenn ich Ihnen nichts weniger empfehlen werde." Frank war zu müde um Miguels Worten recht zu geben. So entging ihm noch manches Interessante. Zum Beispiel, dass der Limousinenfahrer ein begeisterter Leser war. Auch wenn man es von einem solchen Mann kaum erwarten würde, Miguels Wissen übertraf das von Frank um Welten. Seine Wohnung glich einer Bibliothek und sein Geist hatte ständig irgendwelche Zitate, Fakten oder passende Kommentare vor Augen. Doch das wirklich Besondere an dem netten kleinen Mann war nicht seine Allgemeinbildung sondern vielmehr der Umstand, dass es ihm trotz dieses Vermögens nichts ausmachte einem scheinbar weniger anspruchsvollem Job nachzugehen. Für Miguel war auch diese Beschäftigung etwas Schönes, meistens zumindest.

Man traf schließlich viele interessante Leute aus noch viel interessanteren Ländern und Gegenden. Und viele davon waren nicht knauserig mit Erzählungen und dem Schildern ihrer Erlebnisse.

Einmal, so sagte sich der unscheinbare Mann immer wieder bevor er zu Bett ging und über den Tag nachdachte, würde er all diese Geschichten in einem Buch niederschreiben.

Als Miguel die Tür öffnete war Frank bereits wieder in einen leichten Schlaf versunken und es bedurfte eines Stupfers, einem leichten Rütteln an der Schulter des Müden, ehe sich wieder kontrollierte Bewegungen einstellten.

„Sind wir da?", fragte er wie erschlagen. Ein eben noch schlafendes Kind, das nach einem langen Familientreffen von seinem Vater ins Haus getragen werden möchte, hätte nicht schöner klingen können. Dabei wußte Frank nichts von dem Ort wo sie waren.

„Ja, kommen Sie. Es wird Zeit, dass Sie schlafen können."

Miguel trat routiniert heran und half Frank beim Aufstehen. Nur mit Mühe, aber letztendlich doch noch, konnte sich Frank zusammen reißen. In der Hoffnung die Anstrengung würde nicht lange dauern und mit einem bequemen, sauberen Bett belohnt werden, schaffte er es fast wach zu erscheinen.

„Em, wo sind wir überhaupt?", fragte er als er sich umgesehen und festgestellt hatte, dass sie in einer Tiefgarage waren. Die Schritte hallten laut wider, und das seichte Licht der vereinzelten Neonröhren spiegelte sich auf dem Lack der parkenden Autos.

„Es ist ein gutes Hotel. Nicht überaus teuer, aber trotzdem mit bestem Service.", versprach Miguel und ging voran.

ZWISCHENRUF TEIL I

Irgendwo in den USA
(genaugenommen in NEW YORK, aber wer nimmt
es schon genau?)

Ein schwarzer Amerikaner verhält sich allein deshalb verdächtig, da er vor einem Hauseingang herumsteht. Er soll kontrolliert werden. Vier Polizisten sind vor Ort. Als der Verdächtige in die Hosentasche greift, eröffnen die weißen Beamten das Feuer. In der Annahme es würde eine Waffe gezogen, erschießen sie den Mann - mit 41 Geschossen.
Wie sich später herausstellt, wollte der Mann nur seine Geldbörse herausholen um sich auszuweisen. – Er war unbewaffnet.

Die breite Öffentlichkeit erfährt nichts davon.

Dann später, nach dem Prozeß. Das Urteil: Alle vier Polizisten werden von allen Anschuldigungen, ja selbst der fahrlässigen Gefährdung von Leben, frei gesprochen. Es wurde auf Notwehr entschieden.

ZWISCHENRUF TEIL II

Irgendwo in Deutschland
(genaugenommen in Südwestdeutschland, VS-
Schwenningen, aber wen zum Teufel interessiert
das?)

Ein junger Mann wacht auf. Geweckt vom Radio und den Morgennachrichten. Es wird von einem Urteil berichtet und dass in Folge dessen neue Rassenunruhen befürchtet werden. Der junge Mann kann es nicht fassen, will es nicht glauben. Er kennt weder die Hintergründe noch die Zusammenhänge. Aber dennoch - an jenem Morgen möchte er aus diesem Traum aufwachen, denn er haßt die Welt, das Land und sich selbst!

Franks Hoffnung hatte ihm nicht zu viel versprochen. Nein, keineswegs. Es dauerte nichtmal zehn Minuten bis er eingeschlafen war.

Die Bezahlung der Unterkunft stellte sich als erstaunlich einfach heraus. Der gute Miguel hatte es nur für fair gehalten, dass Frank für die verlorene Zeit und die wideren Umstände zumindest mit einer freien Übernachtung entschädigt wurde. Und da sich der wahre Gast des Zimmers noch immer nicht gemeldet hatte, nahm Miguel die gemietete Unterkunft einfach für seinen müden Fahrgast in Anspruch.

Der Morgen danach

Im ersten Moment nachdem Frank die zusammenklebenden Augen geöffnet, mit einem strengen Blick an die ungewohnte Decke geschaut und sich mit einem tiefen Atemzug davon überzeugt hatte, dass er nicht mehr schlief, waren die Geschehnisse der letzten vierundzwanzig Stunden sehr fern. So weit entfernt, es fehlte nicht viel und er hätte alles für einen Traum gehalten. Die Erinnerungen waren vorhanden und auch nicht verschwommen. Aber dennoch sonderbar und fremd, als hätte er es nicht selbst erlebt, eher von einer erhöhten Warte aus betrachtet.

All das war sehr verwirrend. In dieser ganzen morgendlichen Konfusion dachte er erstaunlicherweise nicht einen Moment daran wie es mit seinem eigentlichen Auftrag weitergehen sollte. Big Daddy und seine Geschäfte waren ihm vollkommen egal.

Frank rappelte sich auf, merkte dass er bis auf sein Hemd und die Schuhe noch vollkommen angezogen war und wunderte sich, wie er so an sich hinunter sah, in dieser Aufmachung einen solch erholsamen Schlaf zu haben. Tatsächlich fiel ihm auch nach einem ernsthaften Versuch sich zu erinnern keine Nacht ein, die ihn so erquickt in die Welt zurückgeführt hatte.

Er fühlte sich neu, frisch und anders.

Frank saß auf der Bettkante und schaute nach vorne aus einem Fenster, geradewegs auf die Skyline von Bogotá. Jedoch mußte vor dem Hotel, kaum hundert Meter Luftlinie von seinem Bett, ein großer Park liegen, der die Umgebung mit frischer Luft und belebenden Vogelgezwitscher erfüllte. Er stand auf und ging zum Fenster. Es war beinahe wie eine Balkontür und zog sich von der Decke bis hin zum flauschigen Teppichboden. Unbemerkt gruben sich Franks Zehen in den weichen Untergrund. Er liebte dieses Gefühl. Es war wie eine Zeitreise. Ein Trip zurück in die Kindheit. Dieses sanfte Streifen der Teppichfasern war Friede, war Ferien und Sonntagmorgen, war Weihnachten!

Während er den hellblauen Himmel und die grünen Wipfel der Bäume betrachtete, wanderten seine Hände in die Hosentaschen. Frank merkte nicht, wie die Zeit verging. In einer Blase aus schönen Erinnerungen an ein sorgenfreies Leben war die Realität, das Hier und Jetzt, nicht vorhanden. Zwanzig, dreißig Minuten später wandte er sich glücklich um und sah beiläufig auf den Digitalwecker am Kopfende des Bettes: 10.30 Uhr.

Erkundungsfreudig zog Frank durch das Zimmer. Es war komfortabel. Aber nicht protzig. Das Schlafzimmer bildete den größten Raum. Und nirgendwo konnte man die Aussicht so gut genießen wie dort. Selbst das Bad, nicht gefliest sondern auch mit Teppichboden, was Frank sehr gefiel, und das Wohnzimmer waren schön eingerichtet und verbreiteten die so oft angepriesene, doch selten erreichte wohlige Atmosphäre.

Wie bei der Häufigkeit von Flügen, verhielt es sich bei Frank auch mit dem Besuchen von eben solchen Hotels. Gut, in preisgünstigen um nicht zu sagen billigen Absteigen hatte er schon so manche Nacht verbracht, aber auf den Komfort der gehobenen, von Sternen geschmückten Hotels hatte er bisher doch verzichten müssen.

Von diesem Standpunkt aus betrachtet war Franks nächste Handlung ebenso vorhersehbar, wie vermeidlich zwanghaft. – Der Zimmerservice.

„Ja, hier ist......," Ein langes Schweigen folgte ehe der Bedienstete mit digitalem Anschluß dem anscheinend verwirrten Gast zu Hilfe kam.

„Zimmer 127. Sie wünschen?"

„Ja, genau. Nummer 127. Das hätte ich doch beinahe vergessen. Emm, ich hätte gerne frische Pfannkuchen mit Schokoladensirup, dazu schwarzen Kaffee, Croissants und ein Glas Pflaumensaft. Wenn es ginge."

„Aber natürlich. Es ist in wenigen Minuten bei Ihnen."

„Danke."

Der Anruf und das Grüne

Ein wenig des Schokoladensirups hatte Frank noch am Mundwinkel, als er überrascht auf den kleinen, klingenden Kasten schaute. Er hatte absolut keine Ahnung wer ihn anrufen könnte. Also dachte er nach einem Zögern an den Zimmerservice und nahm ab.

„Ja, hallo."

„Mr. Frank Potter?"

„Ja." Frank erkannte die Stimme nicht gleich und wirkte sofort beunruhigt.

„Guten Morgen. Ich hoffe Sie haben gut geschlafen?"

„Ach Miguel. Ich hab Sie nicht auf Anhieb erkannt. Ja natürlich. Hier ist alles prima, einfach hervorragend. Nochmals vielen Dank."

„Ich bitte Sie, nach all den Unannehmlichkeiten, die Sie wegen des Malheurs mitgemacht haben, war es doch selbstverständlich."

Frank lächelte leise. „Nicht bei jedem."

Auch von Miguel war eine erfreute Reaktion zu hören. Aber gleich im nächsten Atemzug erkundigte er sich nach Franks weiteren Plänen.

„Hier ist alles etwas schief gelaufen. Ich weiß nicht, ob ich das Schicksal mit einem längeren Aufenthalt herausfordern sollte."

„Sie wollen bald wieder abreisen?"

„Ja, wenn ich einen Flieger bekommen kann, noch heute."

„Ah ha. Mit der Flugverbindung wird das kein Problem sein. Es fliegen täglich einige Maschinen nach San Francisco. Oder zumindest in die nähere Umgebung."

„Das hört sich gut an. Aber wie komme ich zu der Ehre Ihres Anrufes?"

„Hätten Sie vielleicht Lust mit mir meine Brunchpause zu verbringen?"

Frank blickte sich nur kurz fragend im Zimmer um. Es war niemand da, der ihm eine abweisende Bemerkung einflüsterte, also willigte er gerne ein.

„Schön. Ich hole Sie dann, sagen wir, in einer Stunde ab?"

„Ja gut."

„Wir treffen uns im Foyer."

Eineinhalb Stunden darauf saßen sie nebeneinander auf einer Bank in dem Park, den Frank schon von seinem Zimmer aus bewundert hatte. Hier merkte man nichts von dem hektischen Treiben. Dem Gewusel, das ständig planetengleich die mächtige Grünfläche umkreiste.

Der Park war ein Quell der Ruhe und Gelassenheit. Hier konnte man ausspannen, sich vom Streß und der Unrast erholen. Einmal Durchatmen.

Die beiden redeten viel weniger miteinander als Frank geglaubt hätte. Es kam wohl nun doch ihre relative Verschiedenheit zum Tragen. Und auch wenn dies umgekehrt betrachtet nur ein weiterer Anreiz gewesen wäre um sich auszutauschen, blieben sie die meiste Zeit über ruhig. Allerdings war die Wortlosigkeit nicht Ausdruck ihrer Unsicherheit und deshalb keineswegs bedrückend. Ganz im Gegenteil. Man schwieg und hing seinen eigenen, ganz persönlichen Gedanken nach.

Im Grunde sind das die Momente, die einen wirklich weiterbringen. Ungewöhnliche Situationen in denen man dann doch auf unverhoffte Erkenntnisse stößt, die Glück verströmen wie die Blüte einer bisher unbekannten wundervollen Blume.

Frank schaute sich um, kniff die Augen leicht zusammen, da ihn die Sonne blendete und hörte wie neben ihm Miguel das Papier einer Tüte auseinander faltete. Schon zu dieser Tageszeit, das heißt eher gerade wegen, war der Park recht gut besucht. Viele Mütter waren mit ihren Kindern unterwegs, von der Zeit und Terminen getriebene Berufstätige verbrachten hier ihre knappen Minuten und auf einer größeren Wiese spielten einige Leute Fußball.

Frank beobachtete sie eine Weile. Zur Schulzeit hatte er dieses Spiel auch gespielt. Und obwohl er es nie wirklich gemocht hatte, grundsätzlich der Ansicht war Sportgeräte sollten mit den Händen bewegt werden, hatte er sich doch annehmbar geschlagen.

Miguel sammelte einige Brösel ein, die ihm auf die Uniform gefallen waren und genoß den Geschmack seines Sandwiches. Auch wenn es aus einem dieser Automaten kam, schmeckte es, hier an frischer Luft und in Franks Gegenwart, wirklich gut.

Als er einen großen Bissen nahm und so vor sich hin kaute, blickte er beinahe senkrecht nach oben. Ein Flugzeug, das nicht sehr hoch flog, klar zu erkennen war und einen Kondensstreifen hinter sich her zog, wurde fortan von seinen Augen verfolgt.

„Frank. – Haben Sie sich nicht auch schon mal gefragt ob dort oben gerade in diesem Augenblick jemand sitzt und sich dieselbe Frage stellt wie Sie?"

„Hmmm?"

Frank schaute nach oben und fand das Flugzeug.

„Welche Frage?"

„Na ja. Eigentlich ist es keine Frage. Allein der Gedanke, dass dort oben jemand sitzt, dem es vielleicht genau gleich geht wie ihnen, der möglicherweise einsam ist, oder glücklich aus genau denselben Gründen wie man selbst und auch nach unten schaut, in der Hoffnung er könne irgend etwas von einem anderen spüren, der gleich empfindet."

Frank schwieg. Er war beeindruckt von Miguel und seinen Gedanken. Mittlerweile hatte er zwar schon erkannt, dass die Gänge der Ideen nicht so einfach verliefen wie man es sich vorstellte, doch war er weit davon entfernt auch nur einen Bruchteil der Gedankenwelt von Miguel nachzuvollziehen.

„Wenn ich ehrlich bin, komm ich selten auf solche Ideen.", antwortete Frank ruhig und leise.

„Ja, das sagen die meisten. Aber ich glaube, dass jeder solche Gedanken hat. Nur dringen sie bei manchen eben stärker nach außen und entfalten sich dort. Das Bewußtsein über den eigenen Geist kann einen stark beeinflussen - meine ich."

Frank konnte im ersten Moment wieder nicht die passenden Worte finden. Und innerlich bezweifelte er, jemals etwas sagen zu können, das nicht einer Streitaxt gleich Miguels Gedankengebäude einriß.

Dann aber setzte er doch zu einer interessanten Frage an. Ein Anliegen das ihn beschäftigte und mit jeder Minute die er in Miguels Gegenwart verbrachte, lauter nach einer Antwort rief.

„Wie ist es bei Ihnen. Haben Sie Träume, die sie noch unbedingt erfüllen wollen?"

„Was meinen Sie?"

Frank wurde aus der Bahn geworfen. Generell genügte eine solche Frage um die Aufmerksamkeit des Gesprächs wieder auf die richtige Person zu lenken. Aber auch wenn er solche Floskeln häufig dafür benutzte sich aus der Affäre zu ziehen, interessierte es ihn bei seinem Begleiter wirklich.

„Beispielsweise ihr Job. Wollten Sie tatsächlich Chauffeur einer solchen Agentur werden? Ich finde, dass ihre Fähigkeiten hier stark unterfordert werden."

Miguel lachte fröhlich. Er mochte Frank. „Nein, natürlich hab ich mir als kleiner Junge etwas anderes unter meinem Traumberuf vorgestellt. – Aber am Ende ist eben das daraus geworden. Und ich bin nicht unglücklich damit. Es mag sein, dass er nicht sonderlich anspruchsvoll ist, dafür hab ich aber auch die Zeit um mir über andere Dinge Gedanken zu machen. Das muß sich jetzt sicher sonderbar anhören, aber ich setze mir im Leben andere Prioritäten als viele andere. Und doch bin ich wie jeder Andere! Verstehen Sie das?"

Diesmal war Frank ehrlich. „Nein, nicht ganz fürchte ich."

„Ich will wie jeder Mensch glücklich sein oder es zumindest werden. Der Unterschied zwischen mir und den meisten, wobei das wieder ein übles Klischee aber auch irgendwie die Realität ist, besteht darin, dass mir andere Dinge wichtig sind. Ich hatte nie die Ambition überaus reich zu sein. Nichtmal vermögend oder gut situiert wollte ich sein. Es sollte einfach nur so reichen. Im Gegensatz will ich mir Gedanken machen, sie durch nichts verbauen oder einschränken lassen. Wie viele Menschen sind im Grunde nur noch Fleisch gewordene Abbilder ihrer Einkunftsarten?"

Frank hörte gespannt zu. Es war lange her, dass er jemanden etwas so Interessantes und gleichzeitig so Wahres hatte sagen hören.

„Wohl sehr viele.", gab er knapp zurück.

„Ja, das will ich meinen. Es ist doch so: Die Mehrheit scheint zu leben um zu arbeiten. Ich dagegen arbeite um zu leben."

„Wirklich interessant. Man könnte jetzt aber auch den Umkehrschluß ziehen und sagen, wenn alle so denken würden gäbe es keine Spitzenleistungen, keine Entwicklung in jeglichen Bereichen." Frank war von sich selbst überrascht. Von einer Sekunde auf die andere war er mitten in einem trefflichen Gespräch über die großen Fragen gelandet.

„Ja, das könnte man sicher. Ich will damit aber weder behaupten, dass es eine Patentlösung für jeden ist, noch vertrete ich die Meinung, dass mit meiner Art zu leben Weiterentwicklung und Engagement nicht möglich wären. Es geht für mich um das Seelen, das emotionale Leben der Menschen, dass bei so vielen einfach zu kurz kommt."

Frank hätte es beinahe versucht, aber dann ließ er seinen Gefühlen doch freien Lauf und lachte herzhaft drauflos.

„Für mich hört sich das beinahe wie das Manifest einer Sekte an."

Miguel schaute ihn kurz und geschockt an, verzog dann aber ebenso abrupt das Gesicht und lachte ebenfalls. – Sie hatten einen ähnlichen Humor.

„Oh ja. Das tut es wohl!"

Und was jetzt?

Eine ganze Zeit lang fiel wieder kein Wort zwischen ihnen und sie blieben scheinbar für sich. Tatsächlich hätte man sie in diesen Momenten leicht für zwei völlig Fremde halten können die nur rein zufällig auf dieselbe Bank gestoßen waren.
Und dabei fühlte sich Frank Miguel so nahe wie schon lange keinem Menschen mehr. Mit Mikey hatte er nicht viel gemein und auch wenn sein Partner ein recht netter Kerl war, hatte Frank mit ihm nie allzu viel anzufangen gewußt. Und bestimmt nicht solche Gespräche geführt.

Es war windstill. Vögel die Frank bereits viel vertrauter vorkamen als draußen bei der Hütte, zwitschern, sobald man sich darauf konzentrierte, in einer beeindruckenden Lautstärke und Klangbreite. Fast tiefe, langsame Töne die einen an das Gurren eines Truthahns erinnerten, wenngleich viel melodischer und wohlklingender. Aber auch hohe, rasante Lieder drangen an das Ohr des Aufmerksamen.
Es war warm, fast heiß, wenngleich noch nicht schwül. Die bedrückende Luftfeuchtigkeit würde, wenn heute überhaupt, wohl erst mit dem Nachmittag über Bogotá hereinbrechen. Im Moment fühlte man sich pudelwohl.

„Und was werden Sie jetzt machen?"
„Ich werde nach Hause fliegen. Es ist merkwürdig. Ich bin erst einen kompletten Tag hier, dabei kommt es mir vor als sei es eine Ewigkeit. Aber Heimweh hab ich auch wieder nicht. – Es ist merkwürdig."

„Unverrichteter Dinge?"

„Bitte?"

„Sie werden ohne Ergebnis nach Hause fliegen?"

„Ach so! Ja, mir bleibt wohl nichts anderes übrig. Aber zumindest hab ich hier nette, interessante Menschen kennen gelernt."

„Oh ja, ich weiß wie das ist. Geht mir fast jeden Tag so."

Big Daddy hatte sich einigermaßen verärgert über die Entwicklung der Dinge gezeigt, als ihm Frank ergeben, aber nicht schuldbewußt davon berichtet hatte. Jedoch war die Wut über das fehlgeschlagene Geschäft bald umgeschwungen in Zorn auf das Verhalten seines südamerikanischen Beinahe-Partner.

„Was glauben die eigentlich? Das ist doch die Höhe!", hatte er geschrien und sein Glas wütend auf den Couchtisch abgesetzt. Ja beinahe draufgeschlagen. Tatsächlich wunderte es Frank sehr, dass hierbei nichts zu Bruch ging. Aber auch etwas anderes fand er sehr interessant: allein das Bewußtsein, sich in einer solchen Situation über derartige Eingebungen klar zu werden, war etwas Besonderes. Und doch nichts im Vergleich zu dem Gedanken, der dahinter steckte.
Gut, Frank hatte bei Big Daddys mitunter häufigen Ausbrüchen selten das Gefühl, als würde ihm ein kalter Schauer über den Rücken laufen und Gänsehaut seinen gesamten Körper überziehen. Nicht wie so viele Mitarbeiter die vor Big Daddy saßen wie ein elfjähriger vor seinem tobenden Vater. Diese Ruhe verdankte Frank der Stellung; die er nunmal einnahm und ihn fast auf den gleichen Sockel stellte.
Aber dass er sich überhaupt nicht dafür interessierte wie laut Big Daddy irgend etwas sagte, verblüffte ihn schon. Für gewöhnlich war er stets hellhörig für die Probleme und Sorgen seines Arbeitgebers. Erwartete dieser doch meist einen hilfreichen, wenn nicht gar erlösenden Rat. Doch etwas hatte sich verändert und

es war wohl vorbei mit der freundschaftlichen Ergebenheit. Frank spürte wie er Big Daddy gegenüber immer gleichgültiger wurde.

Vielmehr interessierte ihn die Frage wie lange die alte, kleine Hütte, so weit entfernt, wohl noch stehen würde. Ehe der Regen, die Hitze und Termiten es geschafft hatten sie niederzuringen und kurze Zeit später nichts mehr an sie erinnern würde.

Frank verfiel den Gedanken an die müden Stunden in der lichtdurchstochenen Bretterbude. Der Redeschwall von Big Daddy wurde kontinuierlich leiser, selbst das Bild des wütenden Mannes verblaßte wie hinter den Schwaden eines Wasserfalls. Und Frank lächelte, als ihm die Fliege wieder einfiel.

Punktgenau, exakt, zielsicher, wie auch immer man es ausdrücken will, die Tatsache, dass er überhaupt getroffen wurde, war primär.

Li Ton, Besitzer eines kleinen Ladens für alle nur erdenklichen Dinge. - Die kleinen und großen Wehwehchen, für die Vervollständigung der Einrichtung, die Abkehr der abendländischen Religionen und die kleinen Spielereien mit deren Hilfe man den Alltag erträglicher machen will. Im Grunde war die Liste der Dinge die er nicht verkaufte kürzer, als jene seines Angebots. Die Eltern waren vor vielen Jahren aus Nordkorea geflüchtet und hatten in den Staaten ihr Glück versucht - und nicht gefunden. Allerdings war es ihnen zumindest gelungen den Weg für ihre Kinder zu ebnen. Dabei haderte Li mittlerweile auch nicht mehr damit, dass man ihn stets für einen Exilchinesen hielt. Für die Westler ist es wohl schwer Asiaten auseinander zu halten, dachte er dann immer und reagierte gutmütig auf die häufigen Verdächtigungen.

Li litt nicht an der Mentalität, über solche Nebensächlichkeiten nachzudenken. Die Probleme die er hatte waren viel zu groß und weltlich um noch durch Blödsinn ergänzt zu werden. So hatte er es schon immer gehandhabt. Wenngleich ihn dieser Tag womöglich hätte zweifeln lassen. Denn eines dieser Probleme, und nicht das Kleinste, wurde just in diesem Moment durch Billy repräsentiert, hieß im Grunde allerdings Big Daddy.

Li Tong hatte sein Geschäft nicht innerhalb der Grenzen von Chinatown. Und das bescherte ihm die

Betreuung durch Big Daddy. Anfänglich waren die Tarife sogar recht fair gewesen. Wenn man die Bezeichnung *gerecht* für das Erpressen von Schutzgeld überhaupt benutzen kann. Aber innerhalb der letzten Monate hatte Big Daddy die Beitragssätze seines elitären Clubs immer wieder unverhältnismäßig erhöht und schließlich waren sie an einem Punkt angelangt, der für Li einfach zu hoch lag.

Er war Big Daddy die letzte Zahlung schuldig geblieben und kam deshalb in den Genuß von Billys Besuch. Billy war im Grunde ein sympathischer Kerl. Zumindest so sympathisch wie ein Mensch, der glaubt die Welt bräuchte unbedingt eine viertklassige John-Wayne-Imitation, sein kann. Er kam direkt aus dem tiefsten New York. Hielt sich aber für einen Texaner auf Pilgerfahrt und ließ das auch Jedermann sofort erkennen. Mit einem steifen Gang als hätte er sich zeitlebens auf dem Rücken vielfältigster Reittiere aufgehalten, Stiefeln die Spitzen besaßen, dass einem Angst und Bange wurde und nicht zuletzt der Hut machten ihn zur lebendigen Requisite. Und es wunderte einen doch sehr, dass der obligatorische Kautabak anscheinend fehlte.

Billy saß in einem alten, restaurierten Stuhl aus Weidengeflecht und hatte angefangen auf Li, der hinter der Theke mit einer Teemischung beschäftigt war, Nußschalen zu schnippen. Vermutlich war Billy ein richtiger Profi darin. Denn er traf den überraschten Mann bereits beim zweiten Versuch direkt an die Stirn.

Li hatte Billy noch nie zuvor gesehen und wußte demnach auch nicht mit welchen Schwierigkeiten er bald konfrontiert werden würde. Und auch wenn es ihn sehr verwundert hatte, dass es einen so gekleideten Menschen in seinen Laden verschlagen hatte, war er, wie bei jedem Kunden, zunächst erfreut gewesen.

Im Geschäft war es relativ dunkel, was wohl an der bloßen Menge der angebotenen Waren lag. Dabei umfing den Neugierigen beinahe in jeder Ecke ein anderer Duft. Dort gab es die ungewohntesten Teesorten von Wurzeln und Blättern, deren Aussprache allein schon für jeden Amerikaner eine unüberwindbare Hürde darstellte. Woanders konnte man Antiquitäten, aber auch ein Sammelsurium des übelsten Kitsches bewundern. Wieder woanders gab es Bücher, die nach altem Papier rochen und und und...

Li zählte hauptsächlich junge Menschen, die das orientalische Flair liebten, oder als zurückgekehrte Traveller sich nach dem Verlorenen sehnten, zu seinen Kunden. Zumindest wenn es Amerikaner waren. Asiaten schränkten sich nicht derart ein. Hier gab es jegliche Altersgruppen. Vom kleinen Bub, der sich Süßigkeiten besorgte, bis hin zum Greis, auf der Suche nach einem Schmerzlindernden Badeöl.

„Muß das sein?", fragte Li nachdem er ein zweites Mal getroffen worden und einem dritten Treffer nur durch eine geschickte Bewegung entgangen war.

Doch Billy, der seine schweren Stiefel inzwischen auf einem schönen - wenn auch unechten - , bezogen auf das Alter, Tisch gelegt hatte, grinste nur breit und versuchte es ein weiteres Mal.

Li überlegte für einen Moment kurzerhand in einen anderen Teil seines Ladens und somit aus der Reichweite zu gehen, entschied sich dann aber doch anders. Mittlerweile war klar, dass er diese Gestalt nicht leiden konnte und mit einem Einkauf von Billy rechnete er schon gar nicht. Also ging er gefestigt zu ihm herüber, erkundigte sich nochmals höflich, weshalb er eine solch offensichtliche Freude hatte mit Lebensmitteln herumzuschmeißen und - nachdem Billy erneut nur dumm gegrinst hatte - ihn aufforderte,. das Geschäft zu verlassen.

„Sachte, sachte alter Mann. Warum denn so unhöflich?"
„Jetzt hören Sie aber auf. – Los gehen Sie!"

Billy stand auf, stellte sich direkt vor Li und schaute auf den kleinen Mann unter ihm. Der Cowboy war fast zwei Meter groß und somit überragte er den Ladenbesitzer um zwei Köpfe. Gewohnt, allein durch diese Geste, den Mut seiner Kontrahenten schmelzen zu sehen, wartete Billy auf die Reaktion von Li.
Allerdings war dieser nicht gewillt, sich von einem ungehobelten Bauerntrampel irgend etwas - und sei es auch nur eine reflexartige Handlung - vorschreiben zu lassen. Mutig blickte er an dem kräftigen Mann empor und schaute ihn mit bitterer Miene an.
„Sie scheinen nicht bei bester Gesundheit zu sein! Hören Sie vielleicht schlecht? Ich bat Sie doch zu gehen!" Li blinzelte nicht einmal. Jedoch war es ihm noch nicht gelungen Billy einzuschüchtern oder zu verunsichern. Das Gefühl hieß Verwirrung. Kombiniert mit überheblicher Belustigung zogen sich die Sekunden hin, die Luft wurde schwer und die Stimmung zum Zerreißen gespannt.
Auch wenn Li mit gewalttätigen Menschen eher selten Umgang hatte war er nicht überrascht. Er ahnte, dass Billy die Situation falsch einschätzen und sich im Vorteil wähnen würde und er wußte auch dass Billy diesen Fehler nur einmal machen würde. Und er schreckte nicht zurück.

Die Hand, das Gelenk und der gesamte Unterarm wurden in einer derartigen Geschwindigkeit herumgedreht, nichts bis auf einen gellenden Schmerzensschrei brachte Billy über die Lippen. Weder seine Kraft, noch seine Größe bewahrten ihn davor auf die Knie zu sinken, nachdem sich Li den Daumenballen der rechten Hand gepackt hatte.

Allerdings war das noch nicht alles. Li ließ nicht von seinem Gegner ab. Er wollte ihm schon zeigen, dass er mehr konnte als nur einen Verteidigungsgriff günstig anzubringen. Während die eine Hand immer noch den Daumenballen fest umfaßte und somit dafür sorgte, dass sich Billy keinen Zentimeter regen konnte ohne um den selbigen Knochen zu fürchten, drückte Li' Rechte geschickt die Luftröhre unterhalb des Kehlkopfes ab. Mit nicht mehr als zwei Fingern.

Billys Augen weiteten sich als er merkte, dass er keine Luft mehr bekam. Die Pupillen wurden größer als könne ihr Besitzer einfach nicht glauben was er soeben erlebte. Sie fingen an sich schnell von einer Ecke in die andere zu bewegen, rasten, flackerten, suchten panisch nach Rettung. Und sie quollen hervor als der Sauerstoffvorrat durch die Aufregung gänzlich aufgebraucht war. Ein kaum hörbares Röcheln läuteten Billys letzte Augenblicke ein - wären die beiden Finger nicht doch noch vom Hals gewichen.

Zeitgleich ließ auch die Linke los und Billy stürzte nach hinten. Unbeholfen nach Atem ringend, stützte er sich mit den Händen ab und saß für einen Moment auf dem Hosenboden. Er vergaß, dass er bewaffnet war. Sofort nachdem er seine Lungen ein erstes Mal wieder vollgesogen hatte, hastete er stolpernd aus dem Laden. Vor der Eingangstür fiel er um ein Haar direkt aufs Gesicht. Seine Lederstiefel hallten, schlitterten über den Steinboden. – Schließlich war er weg und noch nicht mal eine rachsüchtige Drohung war über seine Lippen gekommen.

Zwei Tage später schwamm Li tot in der San Francisco Bay.

Ende

Mikey fühlte sich absolut mies, am Boden, völlig fertig. Wie etwas, in das man hineingetreten ist und nun verzweifelt versucht wieder vom Schuh zu bekommen. Doch hier half nichts. Es ging einfach nicht weg. Dieses Gefühl blieb.
Man hatte ihn benutzt und weggeworfen wie ein Taschentuch. Wie ein Präservativ. Verdammt, und dabei war es noch nicht mal Liebe gewesen.

Rückblick

Während sich Frank in Bogotá mit einer Fliege und einer Hütte Spaß bereitet hatte, war Mikey in Sachen Vanessa recht schnell recht weit gekommen. Beinahe zu weit um ihn noch an einen Zufall glauben zu lassen. Aber die Begierde hatte, wie so oft, auch in diesen Stunden jegliches Denkvermögen lahmgelegt.
An diesem Abend hatten sie sich tatsächlich in einer angesagten Bar zu einem gemütlichen Drink mit obligatorisch anschließender Hüpf-in-mein-Bett-Du-Hengst-Nummer getroffen. Und ganz gegen Mikeys ehrliche Erwartungen, hatte es sogar mit feurigen Berührungen geklappt. Nicht dass er im psychischen oder gar physischen Sinne Probleme erwartet hatte. Nein, das war es nun wirklich nicht, worüber er sich Gedanken machte. Die kurz vor dem erhofften Treffen herausgefundene Tatsache, dass Vanessa die beste

Freundin von Mikeys Ex war, wirkte da schon viel stärker. Sehr viel stärker!

Aber irgendwie war es ihm dann doch gelungen, vermutlich dank einer meditativen Technik, diesen Gedanken bei Seite zu schieben und s ch voll und ganz auf Vanessa und ihren Körper zu konzentrieren.

Tags darauf schien sein Glück vollkommen und eine Wiederholung all der Sinnenfreuden nahe.

„Warte hier noch einen Augenblick, ich bin gleich wieder da!", versprach Vanessa. Und M key lechzte nach Erfüllung. Nur noch in ihrer Unterwäsche war sie vor ihm am Bettende gestanden, nachdem sie sich zuvor künstlerisch und nur für ihn, geradezu quälend langsam, entblättert hatte. Mikey lag auf cem großen, kühlen Bett und sah den kümmerlichen Rest seines Verstandes durch die Poren wegtranspirieren. Allein der Gedanke was in wenigen Momenten vor ihm stehen mußte, ließ seinen Körper schon krampfhaft, beinahe spasmisch, zusammenzucken.

Und Vanessa war auch keiner noch so hohen Erwartung etwas schuldig geblieben. Anfänglich zumindest. Nur mit einem seidenen, fast durchsichtigen Nichts von Morgenmantel bekleidet, war sie lächelnd durch den dämmrigen Raum auf ihn zu stolziert......... Aber schließlich war aus der unglaublichen heißen Nummer, wie Mikey sich immer wieder kämpferisch auf die Körperakrobatik eingestimmt hatte, eine eiskalte und geplante Gemeinheit geworden.

Im Grunde hätte Vanessa einen 225 Pfund schweren Schlachter aus Leidenschaft und Blutwurstliebhaber mit Freuden an sich heran gelassen, wenn ihr im Gegenzug Mikey erspart geblieben wäre. Oder anders gesagt, sie hätte es mit jedem Menschen der ganzen weiten Welt lieber getrieben als mit diesem Kerl,

vielleicht sogar einem Präsidentschaftskandidaten der Republikaner.
Wenngleich es noch nicht einmal zu etwas Vergleichbarem zwischen den beiden kam, opferte sie sich geradezu mit masochistischem Einsatzwillen. Aber ihre Freundin, die von Mikey nunmal schlechter als nur irgendwas behandelt worden war, sollte endlich Genugtuung erfahren.

Nun lag Mikey nackt, mit Handschellen am Gestänge befestigt, auf Vanessas Bett und konnte, in seiner Unwissenheit nur hoffen, dass sie Gnade zeigen würde.

Zwei Tage später war es Vanessa vergönnt stolz über den Erfolg des Planes zu berichten. Sie war bei Jessie, ihrer Freundin, und bekam sich beinah nicht mehr ein vor Lachen. Und Jessie hing ihr förmlich an den Lippen. Selten war sie so gespannt gewesen eine Geschichte erzählt zu bekommen.

„Er hat gewinselt und gefleht. Vermutlich hat er befürchtet ich würde ihm sonstwas abschneiden. Na ja. Ich hab auch ein wenig den Eindruck erweckt, muß ich schon zugeben.", sagte sie schmunzelnd als sich die Erinnerung an mehrere spaßige Stunden und eine Gartenschäre in Frauenhänden mit Macht ins Gedächtnis drängte. Mikey mußte eine schlimme Zeit erlebt haben. Wie Vanessa, mit hartem Gesicht und kalten Metall in ihren Händen, vor ihm hin und her geschritten war, scheinbar zu allem entschlossen.
Doch nach einer Weile war Vanessa dann ganz einfach aus dem Zimmer gegangen und hatte auch das Haus verlassen. Mit dem erleichterten Gedanken behaftet, nun doch noch mal glimpflich davon gekommen zu sein, ahnte Mikey nicht, dass er im alten Kinderzimmer von Vanessa lag. Im Haus ihrer Eltern! Dass diese nur einige Minuten darauf mit ihren Einkäufen auftauchten, war auch kein wirklicher Zufall.

Aber selbst mit der Schmach im Hinterkopf, dass ein Team von zwei kräftigen Handwerkern nötig gewesen war um ihn zu befreien, hatte Mikey im Großen und Ganzen doch noch sehr viel Glück gehabt. Wäre es nach Vanessa gegangen, hätte vermutlich tatsächlich das eine oder andere Körperteilchen daran glauben müssen. Doch Jessie war nun mal eine friedvolle und liebevolle Person, die selbst Mikey nichts antun wollte. Ein bißchen Rache und das sollte es gewesen sein.

Billy hatte nun wirklich die meiste Zeit gute Laune. Er war eine regelrechte Frohnatur, die nichts so schnell aus der Bahn warf, geschweige denn den Tag vermieste.

Und so war ihm die Sache mit Li auch nicht so nahe gegangen, wie man es im ersten Moment richtigerweise vermutet hätte. Li war tot. Der Tag war gut.

Vertieft in ein Magazin mit ästhetisch erotischen Fotos, das jedoch den verleumderischen, aber nicht ganz unpassenden Namen *Riesenmöpse* in fetten Lettern auf dem Deckblatt trug, schlenderte er durch die Straßen und Gassen des abendlichen San Francisco. Die Sonne versuchte verzweifelt sich gegen die drohende Niederlage und die Herrschaft der Dunkelheit zu wehren und sandte noch ein letztes Mal die schönsten Sonnenstrahlen über die Straßen der Stadt.

Die Welt wurde in ein glühendes Orangerot getaucht. Die Luft klar, und eine Brise aus Westen trug sommerliche Gerüche herbei. Beruhigend und friedlich fühlte sich alles an, und man lernte Sonnenuntergänge wie diesen schnell zu lieben. Allerdings war die Sicht wohl schon soweit beeinträchtigt, zum größten Teil durch die veränderten und blendenden Lichtverhältnisse, dass der Fahrer eines großen Reisebusses für einen kurzen Moment nichts sehen konnte.

Ein schweres Rumpeln erschütterte den Doppeldecker und ließ nicht nur den Fahrer Böses ahnen. Am Straßenrand blieben Leute stehen.

Anfangs verwirrt blickten sie umher, auch auf den Boden. Und nachdem sie sehen konnten, was sie zu sehen erhofft hatten, hielten sich viele von ihnen bestürzt die Hände vors Gesicht.

Beinahe ängstlich stieg Wo Chin aus. Seines Zeichens Tourismusmanager einer kleinen Gesellschaft, die sich auf südkoreanische Kunden spezialisiert hatte. Wo Chin war Chinese, jedoch interessierte sich hierfür niemand. Die Gäste aus Übersee wollten Frisco sehen und waren meist erfreut, wenn sich ein Fremdenführer fand, der ihnen zumindest äußerlich ein wenig ähnelte.

Chin ging langsam zur Front des Busses. Billy lag darunter. Nur eine Hand in der er immer noch das beeindruckende Magazin hielt, schaute unter dem Dreißigtonner hervor.

Die Wahrheit über.....

Manche Leute behaupten ja, San Francisco sei ganz eindeutig die Hochburg des intellektuellen Lebens in den Vereinigten Staaten. Über das Für und Wider ließe sich vermutlich vortrefflich diskutieren. Falls man es überhaupt für wichtig genug erachtet. Doch eines ist klar, verglichen mit der einschlägig bekannten Siedlung ein kleines Stückchen weiter im Süden, mit all seinem Tamm Tamm und falschem Glück, fadem Glanz und 30°C an Weihnachten, ist San Francisco wirklich die Goldgrube der Inspiration und Kreativität. Doch mir war das eigentlich egal! Denn mein Zuhause hieß nicht San Francisco. Es hieß Rotterdam und war schön.

Allerdings gehörte ich, Frank Wojcik, weder zur intellektuellen Elite noch wirklich zu den Niederlanden. Ich war gebürtiger Pole, lebte jedoch schon seit Ewigkeiten, etwa fünfzehn Jahren, hier im Land des Käses und unförmiger Holzschuhe. Wie ich es im östlich gelegenen Ausland mal gehört hatte. Anfänglich war natürlich an eine Beschäftigung, die mit der Landessprache zu tun hatte, nicht im Traum zu denken gewesen. Aber ein gewisses Talent, neue Sprachen recht schnell und gut zu lernen, konnte man mir wohl nicht absprechen. Tatsächlich fiel es mir nicht allzu schwer. Und Gedichte sowie Kurzgeschichten hatte ich bereits als Junge in meiner Heimat geschrieben. Was lag also näher, als es in dem fremden Land mit einer ähnlichen Beschäftigung zu versuchen? Schließlich gab es hier neue

Herausforderungen, neue Erfahrungen die einen stets wachhielten und inspirierten.

Nur mit dem Niveau hatte ich anfänglich zu kämpfen. Mir war es schlichtweg nicht möglich, die volle Kraft einer fremden Sprache auszunutzen. Ja noch heute bleiben mir wohl die höheren Sphären verborgen.

Doch ein so großes Problem war dies nun auch wieder nicht. Schließlich würde ich lügen, wenn ich vorgeben würde, einen besonders hohen Anspruch zu haben. Eine Überlegung an die ich zu dieser Zeit jedoch keinen Gedanken verschwendete. Und dennoch, oder vielleicht auch trotzdem, kämpfte ich mit den Ideen, in die ich mich zwar versteift, aber wohl nicht ausreichend vertieft hatte. Besonders in jenen Tagen.

Alles zog sich hin und war träge. Der Kopf fühlte sich schwer an, trotz der Ideenlosigkeit. Obwohl, Ideenlosigkeit stimmte vielleicht nicht ganz. Denn Ideen gab es schon. Nur haperte es gewaltig an der Umsetzung. Das Schreiben ging mir nicht so leicht von der Hand, wie ich es gewohnt war. Und auch wenn ich, wie auch die meisten anderen Schriftsteller, diesen Moment stets wie nichts auf der Welt gefürchtet hatte, war er mir bisher noch nie in seiner ganzen Häßlichkeit entgegen getreten. Letztendlich war es mir noch jedes Mal gelungen, das leere Blatt - dieses Monster - zu vertreiben und mich aus der Enge zu befreien. Entweder indem ich die fehlerhafte Idee einfach fallen ließ und mich einer anderen widmete. Oder, war der Einfall im Grunde doch nicht so schlecht gewesen, um ihn mit ein wenig Selbstfolter nicht doch durchziehen zu können. Was dabei herauskam sollten andere entscheiden.

Aber diesmal war es anders. Es lief überhaupt nicht. Die Eingebungen waren lose, herumschwirrende

Fetzen in einem Gehirn, das verzweifelt versuchte sich für die wichtigen Dinge zu reinigen. Es gelang mir einfach nicht die passenden Brücken zu bilden, die aus dem Gerüst etwas Handfestes machen konnten. – Es war zum Verzweifeln, besonders da nicht der kleinste Grund für diese Miesere zu finden war. Ich fühlte mich nicht gut, aber auch nicht schlecht. Streß war auch nicht das Problem. – Gut, meine Freundin schien mich zu verabscheuen. Aber das war schließlich seit langem nichts Neues. Also was war es nur?

Ich schaute aus dem Fenster. Die Sonne ging unter. Traf durch die halb heruntergelassenen Jalousien in mein Zimmer, tauchte es orangerot. Ich liebte diese Farbe, die frische Luft des herankommenden Frühlings, diese Stimmung. Und nichts war mir so zuwider wie diese verdammte Hilflosigkeit. Das Fenster zeigte direkt nach Westen. Der Schatten meines Kopfes zeichnete sich auf die gegenüberliegende Wand. Ruhig und ohne Bewegung. Immer wieder fiel mein Blick wehmütig zum Fenster. Alles war still. Nicht lange und der helle Teil des Tages würde sich vollends verabschieden. Für einen Augenblick verlor ich mich in herumstreunenden Gedanken. Erinnerungen, blass und abgetragen wie die alte Hose des älteren Bruders, liefen durch meinen Geist. Hielten hier, verharrten dort und wußten nicht so recht wohin – nur allmählich, langsam, nicht so schnell und abrupt wie durch das Klirren eines nervenden Weckers, tauchte ich wieder auf. Mein Blick fiel mit müden, aber weiten Augen auf die letzten Zeilen. Seit Tagen hatte ich nicht richtig durchgeschlafen. Aber selbst unter dem ermüdenden Druck des Schlafentzuges, gefiel mir das was ich sah nicht besser. Und ich haßte es mit dem ungewissen Gefühl, ob man es nun so stehen lassen konnte oder nicht, ins Bett zu gehen. Demnach hatte ich letztere Tätigkeit binnen der letzten Zeit fast gänzlich bleiben lassen.

Vor meinem geistigen Auge durchlebte ich schnell die Handlungsstränge, führte Gespräche und blickte in die Köpfe aller Beteiligten. War ein Koch; schmeckte, würzte doch das änderte auch nichts daran und letztlich war mein Urteil ebenso unvermeidlich wie eindeutig: Ich fand sie beschissen! Und auch wenn ich mir mal wieder einen Plan zurecht geschustert hatte, eben genau dies auch immer in der Öffentlichkeit zu behaupten, nur um vielleicht doch das Gegenteil als Echo zu vernehmen, war mir allzu sehr klar, dass es dieses Mal nichts bringen würde. Es war hoffnungslos.

Die Figuren waren gläsern, klischeehaft, unrealistisch. Noch nichtmal Frank Potter sagte mir zu. Und das trotz der Gemeinsamkeiten, der Parallelen die sein Schöpfer absichtlich eingefügt hatte um wenigstens eine Person der Geschichte mit Leben zu erfüllen. Aber es klappte dennoch nicht. Vielleicht bei Miguel, doch das reichte nicht.

Und plötzlich kam mir ein erschreckender Gedanke. Geradezu eine beängstigende Vision. Die Einsicht die alles veränderte. Und vieles erklärte. - Ich selbst war nicht wirklich. Ich selbst war gläsern. Ich war die Person die im Grunde neu ge- und beschrieben werden sollte. Der Charakter, mein Charakter, war zu oft zu widersprüchlich, zu viele Dinge spielten eine Rolle. So viele, noch nicht mal ich schien immer zu wissen, was ich wirklich wollte, wer ich war? Ein Mensch auf der stetigen Suche nach Selbstverwirklichung, aber von welchem Selbst?

Natürlich fand ich darauf keine Antwort. Wie sollte sie da jemand anderes für mich finden?

Das waren die Gedankenströme, die mit einer irrsinnigen Geschwindigkeit meinen Kopf durchfluteten, ihn überschwemmten, infizierten, wie ein Virus, eine Krankheit und in jede Nervenzelle einzudringen schienen. Und ich haßte diese Gedanken, diese Denkweise überhaupt. Das stetige Nachgrübeln, das stetige Anzweifeln, das permanente Hinterfragen, immer zu versuchen den Sinn auch ja nicht zu übersehen. Oh wie sehr ich das alles verabscheute, wie sehr ich mich selbst haßte!

Ein Mann geht durch einen dunklen Tunnel, oder einen Gang. Es ist nicht zu erkennen. Man spürt seine Angst, dick wie Zuckerwatte ist sie, aber ungleich bitterer. Dennoch kann er nicht anhalten oder gar zurück gehen. Es treibt ihn immer weiter hinein. Stockdunkel ist es. Der Boden glitschig, feucht – unbehaglich. Es ist warm und das Atmen fällt schwer. Die Luft verändert sich. Nun ist sie geschwängert von Schweiß, Fäkalien, Einsamkeit und Angst. Sie scheint immer stärker auf seinen Schultern zu lasten und ihn immer mehr zu Boden zu drücken. Plötzlich, so abrupt, dass er die Augen zusammen kneifen muß, da er fürchtet zu erblinden, zuckt direkt vor ihm ein weißer Blitz. Nur für einen Bruchteil einer Sekunde, aber so hell, dass es ihm selbst durch die geschlossenen Lider in den Augen brennt.
Er merkt wie er begonnen hat zu rennen. Doch nicht weg, nicht zurück - geradewegs auf die Stelle des Blitzes zu. Er weiß nicht wie, er weiß nicht warum. Dort angekommen kann er endlich etwas durch die Dunkelheit erkennen. Er steht vor einer Art Gitter. Grob und stark. Erhöht, über einem Raum. Dort sind

alte Tische. Auf ihnen liegen nackte, gefesselte Menschen. Ohrenbetäubende Schreie, die sich durch die Dunkelheit fressen wie ein hungriges Tier. Sie schreien! Denn dunkle, murmelnde fast singende Gestalten arbeiten mit kaltem Eisen.
Der Mann atmet tief, er fiebert, seine Augen rasen. Wenn sie ihn jetzt entdecken! Und dann ein Flüstern. Nicht dort unten, nein! Näher! Hier bei ihm haucht es ihm etwas ins Ohr. Er hält inne und lauscht.

„Ein Flüstern, dunkle Dämonen quälen dich und mich. Bei Tag oder Nacht, schnell ist es entfacht und Pein frißt sich in dein Gesicht. Ob es einen Ausweg gibt das weißt nur du, ich weiß es nicht!"

Ein neuer Tag, ein neuer Anfang?

Ich wachte zwar auf, doch ich konnte es nicht wirklich glauben. Die schrecklichste Nacht an die ich mich erinnern konnte, lag hinter mir. Kalter Schweiß verklebte das Bettuch mit meinem T-Shirt und dem Rücken. Ich lag still, noch mit geschlossenen Augen. Nur um sie mit einem Mal aufzureißen. So unvorhersehbar und schnell, dass jeder der mich in meiner Wohnung beobachtet hätte, zu Tode erschrocken wäre. Doch da war nunmal niemand und keiner erschrak. Ein Gesichtsausdruck, der die Realität mal wieder nicht von Träumen und beißenden Visionen unterscheiden konnte, durchkämmte die Dunkelheit auf der Suche nach etwas Vertrautem, etwas Gewohnten das mich festhalten sollte wie ein Anker. Ich fand dieses Etwas in der alten Deckenlampe, die ich vor einigen Jahren mal auf einem Flohmarkt erstanden hatte.
Erleichtert fiel mir das Atmen nicht mehr so schwer und für einen Moment war da kein Bedrücken. Schnell sogen sich meine Lungen voll. Danach setzte ich mich auf, fuhr mir mit den Händen über den sandpapierartigen Bart und über die noch immer dunkel untermalten Augen. Eine Nacht konnte meinem Körper nicht viel helfen und schon gar nicht so eine.

„Verdammt!", zischte ich und stand auf. Kaltes Wasser, ja eiskaltes Wasser würde jetzt sicher gut tun. Auf nackten Füßen tappte ich durch die Wohnung. An diesem Morgen fiel mir zum ersten Mal auf wie sehr ich mich hatte gehen lassen.

In dem Zwang endlich etwas Brauchbares zu Papier zu bringen, war es mir nicht gelungen etwas anderes wahrzunehmen. Und auch wenn ich mich nur spärlich ernährt hatte, stapelte sich der Dreck und die Abfälle nun knöchelhoch.

Angewidert von mir selbst, schob ich einige klebrige Verpackungen von der Spüle, ließ den Geschirrtrum klirrend zur Seite rutschen, drehte das Wasser so weit auf wie es ging und ließ es mir über den Kopf laufen. Glücklicherweise hatte ich zumindest hier richtig getippt. Jedenfalls kehrte genügend Leben in meinen Körper ein, um mir einige konstruktive Gedanken machen zu können.

„Du mußt hier raus.", nuschelte ich leise und kaum verständlich. „Und gleich danach wirst du erstmal aufräumen!" Es war weniger ein Vorschlag als ein Befehl. Die Zeit, mich endlich mal zusammenzureißen. So konnte es nicht weiter gehen. Fast hektisch eilte ich zurück in das Schlafzimmer, zerrte einen abgetragenen Pullover von einem Stuhl, schnappte mir eine Jeans, zog beides an und ging schleunigst nach draußen. In dieser Eile hatte ich die Zeit überhaupt nicht wahrgenommen. Nicht einmal als ich mir das Wasser über Kopf und Nacken hatte laufen lassen, war mir die Dunkelheit aufgefallen. Als ich vor die Tür des Mietshauses trat war es 5.30 Uhr.

Aber jetzt ließ ich mich von der Uhrzeit auch nicht mehr aufhalten. Vielmehr bekräftigte mich die sauerstoffreiche Kühle der morgendlichen Luft noch in meiner Entscheidung. Und so beschloß ich kurzerhand, zum Hafen zu gehen und den Sonnenaufgang anzuschauen. Und da war es, dieses Gefühl, lang vermißt und fast vergessen, rankte es sich an meinem Innersten empor. Zerbrechlich und klein, doch es war da! – Ich freute mich auf das

Schauspiel: Sobald die Sonne hinter den östlich gelegenen Hügeln und Häusern hervorschauen würde. Meine Schritte reihten sich zügig aneinander, es dauerte nicht lange ehe ich die ersten Lagerhäuser und Fabrikgelände der Hafenanlagen erreichte. Jedoch waren die touristischen Teile des Rotterdamer Hafens nicht mein Ziel. Auch wenn man dort zu dieser Zeit sicher nicht viele Sandalentreter gefunden hätte.

Eine halbe Stunde später ging die Sonne auf und schickte ihre ersten wärmenden Strahlen über die dunklen, öligen Hafenbecken. Hier in den gewerblich genutzten Bereichen, weit weg von jedem romantischen Holzpier und der Promenade, ließ sich nur ganz selten ein Angler blicken. Was einen angesichts des Schimmers auf der Wasseroberfläche aber auch nicht verwunderte.

Leicht fröstelnd, mit den Händen tief in den Hosentaschen stand ich da. Still und allein schauten meine Augen nach Osten. Mein Glück - kaum Wolken und klare Luft war mir an diesem Morgen hold. Man kam auf seine Kosten. Nach einigen Minuten ging ich langsam wieder weiter. Ich fühlte mich nun tatsächlich frisch und ausgeruht und bereute es sehr, diese Idee nicht schon viel früher gehabt zu haben. Unter den Turnschuhen knirschte der Staub und Dreck auf dem harten Beton. Irgendwann, das Zeitgefühl täuschte mich oft, ließ ich mich nieder, direkt an der Kante des Hafenbeckens und setzte mich auf den Hosenboden. Ruhe. Es dauerte nicht lang und meine Hände wischten über den Untergrund, kehrten den Sand und Staub zusammen. Ganz unbewußt. Solange, bis ein kleines Häufchen zusammengekommen war. Es fand bequem in meiner Hand Platz und ich nahm es auf. Hielt es in der flachen Hand und betrachtete es intensiv, als wolle ich die einzelnen Bestandteile herausfiltern. So mochte es zumindest ausgesehen haben. In Wahrheit streiften meine Gedanken weit umher, begaben sich auf Reisen in ferne Länder und suchten nach Abenteuern. Meine Hand schloß sich und ohne es genau zu lenken, machte ich eine Faust, hielt die linke in einem kleinen Abstand darunter und ließ den Sand allmählich hinunter rieseln.

Ähnlich wie die Verladesauger der großen Getreidefrachter, ganz langsam und in einem stetig gleichmäßigen Fluß. Es war beinahe etwas Elementares, aber auf alle Fälle etwas Altes, fast Instinktgelenktes. Ich liebte soetwas. Schon als Kind hatte ich mich in den warmen, trockenen Sommern gerne einfach irgendwo hingesetzt, vielleicht mit Freunden oder auch allein und dann mit dem Dreck, der Erde um mich herum, gespielt. Immer schon waren auf diese Weise viele Gedanken geboren wurden, ohne es zu wollen. Wie auch an diesem Morgen. Nach den vielen Stunden in denen ich mir den Kopf zermartert und erfolglos nach etwas neuem gesucht hatte, war es mir nun doch noch gelungen – indem ich es nicht getan hatte! Es war zwar nicht die große, fix und fertige Idee, aber unterbewußt spürte ich deutlich, dass sich zwischen meinen Schläfen etwas zusammenbraute.

Erstmal vollständig in der unteren Hand angelangt, wurde der Weg des Sandes, das Spiel mit langsamen, sich selbst kontrollierenden Bewegungen wiederholt. Jedesmal wenn Wind aufkam, flog von dem kleinen Rinnsal eine Staubwolke zur Seite und verzerrte für einen kurzen Moment die Konturen. Mit zusammengekniffenen Augen ließ ich meinen Blick über das Wasser schweifen. Ein kleineres Schiff, ein Schlepper oder soetwas, zog gemächlich seine Kreise. Nur kleine Wellen des Kielwassers verrieten seinen Weg. Es wunderte mich ein wenig, gewöhnlich war hier weit mehr los. Eher zufällig blickte ich wieder umher und fand eine große Uhr mit Digitalanzeige. Sie wirkte etwas fehl am Platz und gar nicht wie jene, die man an Bahnsteigen findet. Ich sah sie nur beiläufig. Aber auch ein kurzer Blick genügte um klarzustellen, warum hier keine Horden von Arbeitern ihrem Tagewerk nachgingen. – Es war Sonntag.

Ein kurzes Lächeln flammte über mein Gesicht. Doch weiter kümmerte es mich nicht. Dass ich mich soweit abgekapselt hatte, damit mir sogar schon die Wochentage gleichgültig waren, interessierte mich überhaupt nicht. Ich wollte mich wieder dieser Ruhe und meinen Vorstellungen widmen. Und es gelang. Schnell fand ich den Weg zurück an die Stelle von der ich abgegangen war.

Vielleicht waren es zwanzig Minuten, oder auch eine halbe Stunde, doch sicherlich nicht sehr lange, bis ich ruckartig aufstand, nochmals tief durchatmete und dann im Laufschritt nach Hause lief. Tatsächlich trieb mich eine Idee zu solcher Hast. Eine Eingebung, die erstaunlich klar und ausgereift in einem Geist voll neuer Hoffnung aufgetaucht war. So lebendig, so wahr, wollte ich keinen Augenblick abwarten und jede noch so winzige Kleinigkeit schriftlich festzuhalten.

Während ich lief, spurtete, hielt ich sie fest. Mit Leidenschaft klammerte ich mich an sie. Wie an einen geliebten Menschen, der einem gerade gesagt hat, dass er für immer das Land, den Kontinent – den Planeten verlassen würde. Nicht weil er den anderen nicht liebt, sondern weil es keine andere Möglichkeit gibt. Nichts trifft einen härter, mit größerer Gewalt als dies.

Ich erinnerte mich nicht daran, jemals so schnell durch die Stadt gejagt zu sein. Ein Gefühl, dass einem ungebetenen Brechreiz nahe kam, schwoll in meinem

Hals an, schnürte ihn zu und ließ mich noch angestrengter atmen. Aber trotzdem lief ich weiter. Ich erreichte die Tür, friemelte die Schlüssel aus der Hosentasche, rannte die Treppe hinauf, schloß wieder eine Tür auf und war endlich zu Hause. Jetzt kann sich dieser hastende Schriftsteller endlich eine kurze Verschnaufpause gönnen, dachte ich mir und versuchte erstmal zu Atem zu kommen.

Glücklich, da ich wußte, dass mich die Muse geküßt hatte, lehnte ich an der Tür und zog ein breites Grinsen. Mit dem Schweiß, dem Gesichtsausdruck und den zerzausten Haaren, erschien ich wie ein armer Junkie, der sich nach langer, zu langer Pause mal wieder einen ordentlichen Fix verpaßt hat.

Ich drückte mich von der Tür ab, ging schnell weiter und dann passierte es.

In meiner Wohnung fand man hauptsächlich alten Parkettboden. Jedoch lagen momentan so viele halb oder viertels beschriebene Papierbögen herum, dass man davon kaum etwas sah. Wenngleich dies auch nichts an der gefährlichen Kombination der beiden Materialien änderte. Ich hatte gerade meinen Arbeitsplatz, den kleinen Schreibtisch, erreicht, als ich auf eines der Blätter trat, den Halt verlor und rücklings nach hinten fiel. Die Wohnung war nicht sonderlich groß und der Arbeitsplatz war praktischerweise nur ein paar Schritte vom Bett entfernt, zu wenige wie sich herausstellte. Denn mein Hinterkopf nahm Maß und schlug exakt gegen die Bettkante. Ein dumpfer Knall als wäre jemand mit dem Kopf gegen die Bettkante gefallen, dröhnte für den Bruchteil einer Sekunde in meinen Ohren. Scheinbar so laut, selbst ein drei Meter hoher Verstärker direkt vor mir hätte vor Scham klein beigegeben.

Nun lag ich da. Ausgestreckt wie aufgemalt und einen kurzen Moment lang passierte rein gar nichts.

„Verdammt!", zischte ich ganz leise, hob meinen Kopf langsam und wollte ihn nach einer Platzwunde oder zumindest einer gewaltigen Beule untersuchen. Jedoch kam ich erst gar nicht so weit, auf halber Strecke, ein paar Zentimeter über dem Boden erlag ich der Bewußtlosigkeit und sackte wieder zurück.

Es gab nichtmal einen kleinen Verdacht wie ich es geschafft hatte, ja ich war mir genaugenommen noch nichtmal vollkommen im Klaren darüber, dass es gelungen war wach zu werden. Um diesen Verdacht einwandfrei bestätigen zu können, hätte es schon einer zweiten Person bedurft. Aber es war dann tatsächlich so. Ich war irgendwie zu mir gekommen. Jedenfalls annähernd und saß mit dem Rücken gegen mein Bett gelehnt. Benommen und mit langsamen Bewegungen, versuchte ich mich zu orientieren. Immer wieder befühlten meine Finger die Wunde am Hinterkopf. Da ich es nicht sehen konnte, kam mir das Bild eines merkwürdigen Vulkans in meinen verwirrten Geist. Ein Krater der allmählich Ruhe gab und nur noch wenig der roten, warmen Flüssigkeit an die Oberfläche ließ. Doch deshalb schmerzte es kein bißchen weniger. Nach fünf Minuten, es waren sicher mehr, sendeten meine Augen wieder ein störungsfreies Bild der Umgebung. Wütend fiel mein Blick auf die verstreuten Blätter. Auf jeden Fall würde ich es nicht mehr darauf ankommen lassen, meinen Papierkorb so lange nicht zu leeren. Ich zog die Beine an um zu testen wie mein Körper mit der Motorik fertig wurde.
Reichlich schlecht. Das Anziehen war in gewisser Weise kein Problem, kein größeres als sonst zumindest. Aber durch diesen Erfolg zum Übermut getrieben, hatte ich auch gleich noch versucht mich aufzusetzen. Ein schwerwiegender Fehler. Ein Schwindelgefühl, als wäre die Welt ein außer Kontrolle geratenes Jo-Jo, zwang mich - früher als mir

lieb war - in die ursprüngliche Position. So konnte man es einigermaßen aushalten.

Einige Minuten später hätte ich es am liebsten nochmals versucht. Es klingelte an meiner Tür und ich wollte aufstehen. Doch noch bevor mein geschädigter Körper vorsichtig auf die Knie gekommen war, ein beachtlicher Teilerfolg, ließ sich der Gast offenbar selbst herein. Ich hatte die Tür zuvor nichtmal geschlossen. Ich fragte mich, wer mir wohl einen Besuch abstatten würde. Schließlich hatte ich nicht viele Freunde und die ich hatte, waren mir noch dazu während der letzten Zeit nicht sehr freundlich gesinnt. Benommen blickte ich auf. Ständig hielten sie mir vor, dass ich mich abschottete, wie ein Maulwurf lebte und nur noch mit dem Schreiben, oder dem Versuch dies zu tun, beschäftigt war. Demnach konnte es eigentlich nur eine Person sein.

„Oh je, was ist denn..... Frank!", rief Susan, als sie ihren Freund hilflos auf dem Boden hocken sah. Schnell eilte sie zu mir, kniete sich hin und hätte kaum ein besorgteres Gesicht machen können. Umso erstaunlicher, denn eigentlich hatte sie mit mir über die zahlreichen Probleme in unserer Beziehung sprechen wollen. Doch das und der Ärger waren erst einmal vergessen.
„Was ist denn passiert?"
„Hallo Susan. – Ach ich bin wohl ausgerutscht und ganz dumm hingefallen!" Obwohl ich mich schlechter fühlte als nach zwei durchzechten Nächten hörte man deutlich, wie peinlich mir diese Sache war und wie sehr es mich ärgerte. Nicht so sehr über die Schmerzen selbst. Eher über das wie. Man konnte vom Bus überfahren werden, mit dem Motorrad durch die Leitplanke jagen oder Schwierigkeiten mit diesen

großen, Fische verarbeitenden Maschinen bekommen, aber sich an der eigenen Bettkante den Kopf einschlagen? Das war nicht gerade der besungene Heldentod.

„Frank, du machst vielleicht Sachen ... laß mal schauen!", sagte Susan. Noch immer hielt sie meine Wangen zwischen ihren Händen. Langsam befühlte sie meinen Hinterkopf und suchte nach der Stelle, auf die ich gezeigt hatte.

„Oh nein, du blutest ja. – Warte, ich hol ein feuchtes Handtuch. Beweg dich nicht!" Schnell sprang sie auf, eilte in die Küche und war sogleich wieder zurück. Während ich ihr zuschaute fürchtete ich schon ihr könnte genau das gleiche Mißgeschick passieren. Immerhin trug sie keine Turnschuhe. Aber darum brauchte ich mich eigentlich nicht zu sorgen. Susan war nunmal die standfeste von uns Beiden. Schließlich hatte sie mich umgerannt, damals beim Jogging vor fünf Jahren, als ich total verträumt auf der Hafenpromenade unvermittelt stehen geblieben war.

„Hier, leg dir das in den Nacken.", sagte sie und reichte mir das feuchte Handtuch. Kurz zuckte die Haut unter der plötzlichen Kühle, doch dann war es äußerst angenehm.

„Danke." Für einen Augenblick schaute ich wieder so unter meinen Augenbrauen hervor, wie es Susan schon lange nicht mehr gesehen hatte. Leider.

„Wollen wir uns nicht irgendwo hinsetzen?"

„Oh nein! Du bleibst wo du bist! Vermutlich hast du eine Gehirnerschütterung. Außerdem ist es hier doch bequem.", sagte Susan nach einem kurzen Rundblick und diesem Lächeln, das ich so sehr vermißte. Doch war es zu schnell wieder vorüber um sich tatsächlich darüber klar zu werden, wie sehr ich sie brauchte. Kurzerhand setzte sie sich im Schneidersitz auf den

Boden und schaute mich sorgenvoll an. Wir schwiegen und es war nicht einer dieser stillen Momente die man genießen und gegen nichts auf der Welt eintauschen möchte. Es war ein Augenblick, den ich und wohl auch Susan, gegen ziemlich viel eingetauscht hätte.

„Wir haben uns eine ganze Weile nicht gesehen.", meinte Susan dann doch und durchbrach das Schweigen. Dabei schaute sie mich nicht an, blickte abgelenkt auf den Boden und las einen dieser Sätze, die ich schon vor Tagen aussortiert hatte.

„Ja, ich weiß.", pflichtete ich ihr bei. Leise und verlegen. Auch wenn ich mich vor diesen Gedanken fürchtete, wußte ich natürlich woran unsere Beziehung oder vielmehr die kümmerlichen Reste davon, zu leiden hatten.

„Freut mich, dass du gekommen bist."

„Ja, gut dass ich gerade in der Gegend war."

Mir war klar, sie sagte das nur so daher. Susan wohnte praktisch am anderen Ende der Stadt, hatte hier in diesem Viertel keine Freunde und auch sonst keine Erledigungen. Es sei denn, es gab einen Neuen. Aber daran glaubte ich nicht wirklich. Susan war für soetwas einfach nicht der Typ. Auch wenn sie sich über mich noch so sehr aufgeregt und geärgert hatte, wenn ich sie auch maßlos enttäuscht hatte. Sie hätte mir gesagt, falls es da jemand Anderes gab. Susan war fair. Fairer als ich es war.

„Du wolltest mit mir reden. Stimmt's?" Ich stöhnte kurz, rückte das Handtuch im Nacken zurecht und versuchte möglichst gutgelaunt dreinzublicken.

„Ja. Aber es ist wohl besser, wenn wir dieses Thema jetzt nicht ansprechen."

„Warum? Glaub mir, wenn du meinst auf meinen geprellten Kopf Rücksicht nehmen zu müssen, dann ist das unbegründet. So schlimm ist es nicht." Das war es zwar, aber ich wollte sie nicht schon wieder enttäuschen. Und wäre sie auch in dieser Woche nicht vorbeigekommen oder hätte kurz angerufen, wäre vielleicht sogar mir ein genügend großes Lichtlein aufgegangen um mich bei ihr zu melden.

Sie schaute mich forschend an. Schien zu prüfen ob das alles der Wahrheit entsprach. Möglich, dass sie mich mal wieder durchschaute. Aber im Grunde war sie ja auch zu mir gekommen um mich wachzurütteln und mir Kopfschmerzen zu bereiten.

Susan stand auf und ging ein, zwei Schritte. Ihre aufgewühlten Gedanken und ihre Sorgen hatten sie völlig eingenommen und schrien die Schmerzen mit geballter Wut heraus. Jeder der es mochte, konnte das sehen. Sie ging umher und ließ die Zweifel scheinbar durch die Fußsohlen entweichen. So verfuhr sie häufig, wenn ihr etwas sehr wichtig war, sie aber nicht die Ruhe hatte um einfach nur still dazusitzen. Anfangs hatte sie mich damit ziemlich nervös gemacht. Aber in diesem Moment freute ich mich über ihre Bredouille. Es wurde mir klar, dass ich ihr noch nicht völlig egal war.

„Warum haben wir uns in letzter Zeit so selten getroffen? Ich meine, nicht allein dass wir uns nicht mehr sehen. Es ist fast so, als würden wir uns mit Absicht aus dem Weg gehen."

Sie machte wieder ein paar Schritte. Ihre schwarzen Schuhe mit den breiten, daumenlangen Absätzen, trafen hart auf den Parkettboden. Ich hörte ihr zu. Doch als mir etwas darauf einfiel, beging ich mal wieder den alten, beinahe einen Brechreiz hervorrufenden Fehler.

„Ich weiß. Aber ich hatte viel zu tun." Schon in der ersten Sekunde nachdem es ausgesprochen war, bereute ich, es gesagt zu haben.

Verärgert schaute sich Susan um. Sah die vielen Blätter auf dem Boden, breitete die Arme aus und ließ sie gleich wieder an die Oberschenkel zurückfallen.

„Verdammt Frank! So kann das doch nicht weitergehen! Mag sein, dass es dir nichts ausmacht. Aber ich will so eine Beziehung nicht." Susan lachte sarkastisch, selbstkritisch. Ha, eine Beziehung!

„Das kann ich verstehen."

„So. Das kannst du verstehen! Ist das alles, was du dazu zu sagen hast?" Susan hatte sich nicht aufregen wollen, als sie zu mir gekommen war. Sie hatte ruhig bleiben wollen und gehofft, man könne die meisten Schwierigkeiten in einem ruhigen Gespräch aus der Welt schaffen. Aber daran war nun nicht mehr zu denken.

„Vielleicht sollte ich gehen. Mag sein, dass du irgendwann mal wieder zur Besinnung kommst. Aber im Moment scheint mit dir nicht viel los zu sein.", sagte sie harsch und ging schon in Richtung Tür.

Ich fühlte mich beschissen. Ein dicker, ekeliger Kloß voller Verzweiflung und Verwirrung klebte tief in meinem Hals und erstickte scheinbar jede sinnvolle Silbe im Ansatz.

„Susan!"

Sie drehte sich um. Insgeheim hoffte sie auf eine schöne Entschuldigung. Auf klärende Worte, die nach einer gemeinsamen Zukunft klangen. Auf meine Stimme, die ihr früher immer die schönsten Komplimente ins Ohr geflüstert hatte. Jedoch wurde daraus nichts.

Sie schaute einen Moment stumm auf mich hinunter. Ich hielt ihrem Blick nur kurz stand. Es war kein böses Schauen, eher eines das sich nach Harmonie und Zuneigung sehnte, in dem auch eine Spur Mitleid lag, doch ich konnte ihr nicht geben wonach sie sich sehnte. Wie ein Häufchen Elend ließ ich den Kopf leicht sinken und schwieg weiter. Schwieg noch lange nachdem Susan die Wohnung verlassen hatte.

Die folgenden Stunden waren nur schwer zu ertragen, wobei der Schmerz in meinem Kopf noch das weitaus kleinste Problem war. Ein ums andere Mal ertappte ich mich dabei, wie ich versuchte Gründe und Rechtfertigungen für mein Verhalten zu finden. Argumente, die es mir erträglicher machten, dass ich Susan vermutlich endgültig vergrault hatte. Gedanklich stellte ich ihre Schwächen hervor, versuchte mir auf eine leise Art einzureden, dass es so vielleicht das Beste war. - Etwas Unvermeidliches. Eine logische Folge. Doch das war es natürlich nicht, und ich haßte mich selbst für diese Gedanken.

An diesem Abend ging ich früh zu Bett. Nach einer Mahlzeit aus lauwarmer, abgestandener Milch und irgendwelchen Käsekrackern, die eine Basketballübertragung überstanden hatten.
Ganz entgegen meiner Befürchtung schaffte ich es sogar recht schnell einzuschlafen. Auch in einem zweiten Punkt hatte ich Glück. Am nächsten Tag konnte ich mich überhaupt nicht an die Träume der vergangenen Stunden erinnern. Es war alles wie weggewischt. Nichts von den Erinnerungen an wehmütige Augenblicke zusammen mit Susan, in irgendeinem schönen Park, hatte die Morgendusche erreicht.
Im Bademantel und mit zu nassen Haaren, als dass es einer fürsorglichen Mutter gefallen hätte, saß ich am Küchentisch, trank meinen Kaffee, überflog die Zeitung und begnügte mich mit einem Toast. Seit Wochen aß ich wenig. Und wäre mein Bewegungsradius nicht so radikal und auf kaum mehr als die vier Wände meiner Wohnung eingeschrumpft,

hätte man mir diese Mangelernährung auch angesehen. Aber bis auf einen ausgemergelten, müden Blick und körperliche Schwäche fanden sich noch keine ernst zunehmenden Anzeichen.

Für diesen Tag mußte ich mich jedoch mal wieder nach draußen begeben. Einer dieser wenig beliebten Besuche bei einem meiner Lektoren stand auf dem Tagesprogramm. Freilich wußte ich im Groben, worum sich dieses Gespräch drehen würde. Und was das Ergebnis anging, so hatte ich zumindest eine Vorahnung. Gerade da diese nicht sonderlich gut ausfiel, mußte ich dorthin. Auf dem Küchentisch lag noch ein Stapel der gestrigen Post. Ich hatte nur den ersten Brief geöffnet und mir die weiteren noch nichtmal angesehen. Wie sich kurz darauf zeigte wäre es besser gewesen, hätte ich gleich so gehandelt. Zwei von dreien waren Mahnungen, der dritte war eine letzte Mahnung. Also ein perfekter Start in den Tag. Frustriert legte ich sie wieder beiseite. Ich hatte meinen Kontostand nicht genau im Kopf, doch bezweifelte ich stark, dass er ausreichen würde um meine Schulden zu decken.

Abwesend fiel der Blick auf die Uhr. Es wurde Zeit.

Wie meist ging ich zu Fuß. Ich weiß auch nicht, aber das Fahrrad, aufgehängt an einer Wand in meiner Wohnung, war schon lange zum bloßen Einrichtungsgegenstand verkommen. Von diesem Verkehrsmittel einmal abgesehen, kam man innerhalb der Innenstadt zu Fuß ohnehin am schnellsten voran. Auf die eigenen zwei Beine konnte man sich verlassen. Es gab keine Verspätungen, man brauchte keinen Parkplatz und gestohlen konnten sie einem auch nicht werden.

Anfänglich hatte ich es noch recht eilig, war geradezu joggend über den Gehsteig geeilt und an Passanten wie Slalomstangen vorbei getaucht. Inzwischen hatte ich erneut auf meine Uhr geschaut. Manchmal ließ sie mich ja im Stich und blieb einfach stehen. Doch sonst war sie tadellos. Na ja. Durch meine anfängliche Hast war ich Gott sei Dank wieder im Zeitplan und konnte ein wenig langsamer machen. Sicher würde mir mein Deo und vor allem mein Lektor dafür dankbar sein.

Unter dem Arm trug ich eine kleine schwarze Aktentasche. Darin befanden sich die Entwürfe und Anfänge halbfertiger Manuskripte. Während dem Gehen drückten meine Finger die Tasche fester zusammen. Also im Grunde - ja genau - gar nichts, was sich dort manchmal sogar handschriftlich auf den Blättern zeigte, war nichts weiter als ein weiterer Beweis für mein Unvermögen. Ich konnte es nicht ausstehen. Die Gewißheit, dass es nur Schund war, ich es vor meinem Lektor aber zumindest als vage Idee, auf die sich aufbauen ließ, verkaufen mußte, machte mich krank. Ich betrog mich selbst und war davon überzeugt dieses leidige Spiel nicht mehr lange am Leben halten zu können. Nein auf gar keinen Fall! Entweder ich würde daran kaputt gehen, oder ....

Gab es Alternativen, andere Möglichkeiten und Wege, die ich beschreiten konnte? Wie sooft war sich dieser Frank Wojcik nicht sicher und verzweifelte an der belasteten Ungewißheit. Aber zumindest hatte ich mir eine Eigenschaft bewahrt, die mir half mit großen Schwierigkeiten fertig zu werden. Meistens, bei weitem nicht immer, gelang es mir ein Dilemma einfach hinunterzuschlucken. So groß der schleimige Brocken auch war, für ein paar Stunden oder manchmal auch Tage verschwand er einfach irgendwo dort unten. Weit weg von meinem Kopf, der akut an krankhafter und bedeutungsloser Gedankenvielfalt litt.

Ich schluckte also, würgte fast, aber es gelang mir. Der dicke Kloß glitt langsam nach unten und eine Kindheitserinnerung verirrte sich in meinen Kopf. Damals in einem der Parks, in denen es auch fast immer einen kleinen See gab, hatte ich mal einem Schwan, einem wunderschönen, stolzen Tier, ein zu großes Stück Brot hingeworfen. Schwer und mit den riesigen Schwimmflossen tapsend, war er an Land gekommen. Ich sah ihn jetzt vor mir. Mit dem breiten Rumpf und dem flachen Verlauf zu den Beinen hin. Wie großartig er war!

Sogleich hatte der weiße Vogel die Gabe gierig verschlungen und versucht hinunterzuwürgen. Wie eine Verschlußklappe hatte sich der Brocken über die Speiseröhre und wohl auch den Luftkanal gelegt. Ein ächzendes, mißtönendes Röcheln hatte mich zutiefst erschreckt. Der Schwan erkannte seinen Fehler, versuchte aber noch nicht das Brotstück wieder auszuspeien. Er schluckte, schien sich zu konzentrieren und flatterte leicht mit angewinkelten Flügeln. Lange sah es tatsächlich so aus als würde er daran ersticken. Erst nach einer knappen Minute und als ich schon lange befürchtende Tränen in den Augen spürte, konnte man sehen wie das Brotstück langsam den weiten Weg nach unten glitt.

Ich lächelte. Es ging mir nun bedeutend besser. Schlagartig hatte ich wieder einen freien, ungetrübten Blick für meine Umgebung. Früher hatte ich, war mir mal nicht das richtige eingefallen, oft einen langen Spaziergang gemacht und dabei alles um mich herum beobachtet. Menschen, Tiere oder wie sich die Äste der Bäume unter einer kurzen Brise bewegen. Kleine Dinge konnten mich sehr glücklich machen, mich neue Kraft zum Schreiben sammeln lassen. Ich ging weiter. Links neben mir stockte der Verkehr. Ein Taxifahrer unterhielt sich gerade angeregt mit seinem Fahrgast. Der Mann hinter dem Steuer war ein Bär. Er hatte schwarze Locken und einen kräftigen Vollbart. Er lachte und achtete überhaupt nicht mehr auf den Verkehr vor ihm. Mit dem Arm über der Beifahrerlehne, hatte er sich nach hinten gebeugt. Sein Lachen war herzhaft und ehrlich. Kein Höflichkeitslachen. Der Spaß an der Freude war ihm ins Gesicht geschrieben.

Ich steckte die freie Hand in die Tasche des Mantels. Aus einem Gullideckel drang weißer Dampf, verzog sich jedoch rasch. Etwas weiter spazierten einige Tauben rasch um meine Füße. Eine Frau blieb an einer Parkuhr stehen, stützte sich ab und prüfte den Absatz ihres linken Schuhs. Und ich war so gut wie da.

Das Verlegerbüro befand sich in einem der alten, gemauerten Häuser aus den dreißiger Jahren. Die Fassade hatte man praktisch nicht verändert. Dennoch ahnte man, dass es drinnen ein wenig anders aussehen würde. Designermöbel aus Frankreich, und die digitale Vernetzung mit der kleinsten Hütte in Südsizilien, hatte mich anfangs sehr beeindruckt. Ich war schon einige Wochen nicht mehr hier gewesen, drei Monate, um genau zu sein. Nichtsdestotrotz hatte sich nichts verändert. Nach der Eingangstür mußte man eine enge, steile Treppe hinaufgehen. Man erreichte den ersten Stock, der nur aus wenigen Räumen bestand. Überall standen Schreibtische, edle Stücke, voneinander abgetrennt durch schöne, ja fast sympathisch wirkende Stellwände. Im zweiten und dritten Stock sah es nur wenig anders aus. Im vierten gab es einen großen

Empfangsraum, mit breiter Fensterfront und einladender Sitzgelegenheit und einen kleinen Konferenzraum. Im fünften waren die großen Büros der leitenden Angestellten untergebracht. Gleich hinter der Tür zu diesem Stockwerk, schloß sich das Foyer an. Von hier aus führte ein Gang zu den fünf Büros. Überall war teurer Teppichboden ausgelegt, so dicht, dass er jedes Geräusch der Sohlen absorbierte. Mein Lektor war über die Jahre hauptsächlich Andrew Hesselroth gewesen. Jedoch wechselte das auch häufig genug, um bei mir keine Verwunderung mehr hervorzurufen. Andrew war für zwei Wochen nach Nordamerika geflogen und hatte wohl vergessen mich darüber zu informieren. Demzufolge überrascht war Anja Brusven, die Chefsekretärin, als sie mich vor ihrem Schreibtisch empfing.

„Guten Tag Frau Brusven. Wie geht es Ihnen?"

„Oh, Herr Wojcik freut mich, Sie mal wieder zu sehen. Danke, danke ganz gut. Und Ihnen?"

„Ach na ja. – Ist Herr Hesselroth da? Ich sollte mich bei ihm melden."

„Es tut mir leid. Aber leider ist er für zwei Wochen in die Staaten gereist. Ich hätte Sie ja angerufen, aber..."

„Schon in Ordnung. Soll ich dann wieder gehen, oder?"

„Aber nein. Frau Schneider hat Zeit, Sie arbeiten doch auch gelegentlich mit ihr zusammen.', sagte sie, nachdem sie sich mit einem schnellen Blick auf ihren Bildschirm versichert hatte.

„Ja, gut."

Freilich stand keine der Türen offen. Und auch im geschlossenen Zustand luden sie nicht gerade vehement dazu ein, hereinzutreten. Sie waren allesamt aus stabilem, wie dunklem Holz gefertigt.

Mächtige Tore zu noch viel mächtigeren Menschen. Einschüchternd und hoch, viel zu hoch, wie ich jedesmal aufs Neue befand wenn ich davor stand, waren die aufgeschlagenen Messingschilder mit den jeweiligen Namen angebracht. Die Arbeit des Lektoren kann brutal und grausam, aber auch erfüllend und der schönste Job der Welt sein. Man spielt mit den Gefühlen und der Arbeit von eifrigen Menschen. Hat zu beurteilen, wie gut oder wie schlecht die Resultate von vielen Monaten oder gar Jahren sind. Ob sie von der Öffentlichkeit akzeptiert und letztendlich gekauft werden. Ob man es wagen kann sich durch sie repräsentieren zu lassen. Nur noch selten findet man Verlage, in denen es vornehmlich um künstlerische Belange geht. Und obwohl man bei Krausse & Junkers in der Vergangenheit viel Geduld bewiesen hatte, gehörte er keinesfalls zu dieser Gruppe. Eine Tatsache, die ich allerdings als weniger störend empfand als beispielsweise Programmhinweise in laufenden Fernsehsendungen. Schon seit langem hatte ich mich von der Illusion, ein großer Schriftsteller zu sein, befreit und war der Realität sachlich gegenüber getreten. Ich konnte ganz gute Unterhaltungsromane schreiben, vielleicht auch ein paar amüsante Novellen und schlichte Gedichte. Aber das war es auch schon. Nicht mehr und nicht weniger. Das heißt, zur Zeit war es eher weniger.

Ich mag grundsätzlich keine geschlossenen Türen. Sie versetzen den Gast im Vornherein bereits in eine unterwürfige Position. Er hat anzuklopfen, auf den Einlaß zu warten, muß seinen Wunsch äußern, hoffen dass man ihn nicht gleich wieder hinaus wirft. Zu Grabe kriechen wie ein armer Bauer, der darum bittet, die Steuern ausnahmsweise mal nicht mit dreistelligen

Prozentwerten zu erhöhen. Was natürlich hoffnungslos ist. Schon vor langer Zeit sagte ich mir, sollte mir jemals die Verlegenheit zu Teil werden ein großes Büro einrichten zu dürfen, dass nichts Anderes als Schwingtüren in Frage kommen würde.
Ich klopfte an, wartete, ich der Eindringling, der ungebetene Gast. Schließlich trat ich ein. Und dann doch. - Ein Gefühl, das dem der Freude recht nahe kommt, befiel mich als ich Frau Schneider an ihrem Schreibtisch sitzen sah. Merkwürdig, aber erst in diesem Moment merkte ich, dass sie mir wesentlich sympathischer war als mein eigentlicher Lektor.

„Na wer ist denn das?" Frau Schneider neigte den Kopf und deutete an, die Brille mit den riesigen Gläsern leicht anzuheben. Sie schielte über den Rahmen und hielt noch den Kugelschreiber in der Hand.
„Kenne ich Sie nicht von irgendwoher? — Hallo Frank, ich fürchtete bereits es hätte sie nach Amsterdam verschlagen. In der letzten Zeit haben die uns einige Begabte abspenstig gemacht." Frau Schneider war einfach eine nette Person. Sie schaffte es, selbst bei schlechten Nachrichten noch kleine charmante Komplimente mit einzupacken. Und nie klang es aufgesetzt oder routiniert. Sie meinte, was sie sagte, immer.
„Danke für das Kompliment. – Aber Amsterdam? Nein das nun wirklich nicht!", entgegnete ich ihr und reichte die Hand über den Schreibtisch. Sie lächelte und ihre runden, rötlichen Wangen zwang einen zur guten Laune.
„Setzen Sie sich doch. - Einen Kaffee Frank?"
„Danke, aber wenn sie ein Wasser hätten?"
„Selbstverständlich!" Sie stand auf und ging zu einer blankpolierten Kommode. „Immer noch still?"

„Ja genau."

Sie brachte mir das schöne Glas, es hatte einen erstaunlich dicken Boden, dafür aber einen hauchzarten Körper, so daß man fast meinte man würde das Wasser einfach so in der Hand halten.

„Nun, was kann ich für Sie tun?"

Schnell nahm ich einen kleinen Schluck. Das französische Wasser war angenehm kühl und spülte meine Kehle durch. Jeder der es sich angewöhnt hat, weiß, was selbst wenige Minuten per Pedes in einer Großstadt mit den Atemwegen anstellen. Angenehme Frische breitete sich in meinem Hals aus. Ich gewann beinahe den Eindruck einen stundenlangen Monolog problemlos durchhalten zu können. Doch statt dessen sagte ich:

„Tja."

Frau Schneider grinste. Sie kannte mich schon gut genug um sich über meine zeitweilige, kindliche Verschlossenheit nicht mehr allzusehr zu wundern. Sie wartete einfach ab, bis ich ein zweites mal ansetzte.

„Herr Hesselroth hatte mich gebeten sich bei ihm zu melden. Doch er ist jetzt in den Staaten unterwegs und leider hat mir das niemand gesagt." Möglicherweise hörte es sich viel betrübter an, als ich es gewollt hatte. Tatsächlich war es mir mehr als recht, dass sich mein Inquisitor zur Abwechslung mal in der neuen Welt herumtrieb.

„Das tut mir leid. Ich hoffe der Weg war nicht zu weit für Sie."

Sie mochte manches von mir wissen; eine Menge, wenn auch einfacherer Dinge, lag indes wohl doch noch im Verborgenen. Ganz offensichtlich rechnete sie mit einem zurückgezogenen Schreiberling, der sich irgendwo in den Hügeln des Hinterlandes in seiner original toskanischen Villa verschanzt hatte.

Nein! Sie wußte natürlich, dass es mir nicht so gut ging.

„Ist halb so wild. Jetzt komme ich zumindest in den Genuß, wieder mal mit Ihnen zu plaudern." Eine blasse Erinnerung von vergangenem Charme begleitete dieses plumpe Kompliment. Und auch die Person, die von ähnlichen Annäherungsversuchen früher einmal heimgesucht worden war, stand nun in ihrer vollen, prachtvollen Schönheit vor meinem geistigen Auge.

Mein reales Gegenüber lächelte, schob die Brille zurecht und entgegnete: „Sie haben etwas mitgebracht?"

In die grausame Wirklichkeit zurückgeholt, wie jemand der in die Fluten eines Bergbaches stürzt, durch die kühlen Wogen um sich und einen Fels bewußtlos wird und plötzlich liebliche Kindheitserlebnisse nochmals durchlebt, dann allerdings doch im Chaos der Welt und in den Armen eines Bergführers erwacht, zwinkerte ich mit den Augen.

„Emm..., ja. Allerdings sind es nur schlichte Entwürfe." Ich reichte ihr die Mappe und knabberte nervös an den Fingernägeln meiner rechten Hand. Eine Angewohnheit die mir seit ich denken kann nachhängt. Früher mußte es noch sehr viel schlimmer gewesen sein. Aber noch heute war eine gewisse, wenn auch ruhige Nervosität, so komisch das klingen mag, eine meiner wesentlichsten Charaktereigenschaften.

In der Mappe tummelte sich die Arbeit und die Ergebnisse der letzten, deprimierenden Monate. Der Ordnung zuliebe, hatte ich die größeren davon mit einem einleitenden Deckblatt versehen, das den Lektor über die wichtigsten Inhalte informierte. Leider waren selbst diese nicht vollständig. Frau Schneider nahm sich viel Zeit. Inspizierte scheinbar jedes der

Worte, prüfte Rechtschreibung und Grammatik. Mit jeder Zeile die von ihren aufmerksamen Augen genommen wurden, wuchs mein ungutes Gefühl. Bisher hatte sie mich nur als relativ eloquenten und erfolgreichen, kleinen Schriftsteller kennen gelernt. Dass mich auch eine undurchdringliche Stille umgeben konnte, ich mit solchen Problemen kämpfte und derartige Dinge als meine Arbeit proklamierte war ihr neu. Sicher, sie konnte mit meinem Lektor darüber gesprochen haben. Doch im Grunde bezweifelte ich diese Möglichkeit sehr. Ich glaubte nicht, dass ich eine so gewichtige Rolle in diesem Verlag spielte. Schließlich war ich nur einer von vielen bedeutungslosen Autoren.

Nach zwanzig unglaublich quälenden Minuten, sah sie zum ersten Mal für längere Zeit auf, um mich anzuschauen. Sie legte die Mappe aufgeschlagen auf ihren Schreibtisch und nahm die Brille ab. Mein Blick muß entgeistert gewirkt haben. Bereitete er sich doch auf das Schlimmste vor. Jedoch war es nicht ihr Urteil vor dem ich mich fürchtete. Ich wußte selbst nur zu gut das Dreiviertel dieser Mappe der reinste Mist war. Viel mehr beunruhigte mich die leise Ahnung, dass ich aufgrund fehl geleitender Eitelkeit anfangen könnte, Frau Schneider nicht mehr zu mögen. Dass mein Stolz selbst in dieser Situation noch groß genug war, um mich wieder von anderen Leuten abzugrenzen. Dass ich kalte, glatte Barrikaden um mich herum errichten würde, nur da man meine Arbeit kritisiert hatte. Soetwas hatte es schon häufig gegeben. Und ebenso wie ich darunter litt, es verzweifelt verhindern versuchte, gehörte es wohl zu mir.

„Leider bin ich nicht so recht auf dem Laufenden." Frau Schneider zögerte, sie bemerkte meinen Blick.

„Sie hatten doch nicht sowas wie ein Abgabedatum?",
schlußfolgerte sie.

„Nein, nein. Das nicht. Aber ich glaube schon, dass
Herr Hesselroth allmählich ungeduldig wird.", gab ich
unumwunden zu.
Gesenkten Blickes schien sie zu überlegen.

„Also manches davon hört sich nichtmal schlecht
an, aber ..."
Ich unterbrach sie. Was mich in diesem Moment
geritten hatte, konnte ich nicht sagen. Aber ich sehnte
mich nach Ehrlichkeit und:

„Meine Gute, Sie brauchen nichts zu beschönigen.
Mir ist wohl klar, dass die meisten Storys nur
funktionieren würden, könnte man daraus einen Porno
machen!" Frau Schneider lachte spontan und herzlich.
Und für einen ganz kurzen Moment hegte ich gerade
deshalb Groll gegen sie. Mittlerweile hatte sie es
geschafft, dass ich mich viel besser fühlte als mir lieb
war. Im Grunde wollte ich mich im Selbstmitleid
suhlen und darauf warten, dass irgend ein höheres
Wesen oder Ereignis meine Apathie hinfortwusch.
Aber dieses Spiel hatte ich bereits lange genug
getrieben. Ich hatte die Nase voll von meinem
Selbstmitleid.

Das Gespräch zwischen Frau Schneider und mir
dauerte noch mehr als eine Stunde. Wir unterhielten
uns dabei jedoch kaum über meine Manuskripte.
Vielleicht   waren es die Geschichten, über ihre
erwachsenen   Kinder,   Anekdoten   über   andere
Schriftsteller oder einfach nur das Für und Wider von
Milch   im   Kaffee,   das   mich   einer   ungekannten
Entspannung zuführte. Ein Gefühl, das so schlicht und
gleichzeitig ungemein wertvoll ist. Wenn es den
Menschen gelingen würde sich von Zeit zu Zeit
einfach   zu   entspannen,   einen   Augenblick   der

absoluten inneren Ruhe zu finden, wäre die Welt eine gesündere und viele Therapeuten arbeitslos. Und das ist nicht nur das Geschwätz eines abgehalfterten Schriftstellers - ich wünschte es wäre so - der sich den lieben langen Tag keine anderen Gedanken zu machen braucht.

Ich konnte diese Fähigkeit recht lange aus nächster Nähe studieren und ihre Effizienz mit Bewunderung zur Kenntnis nehmen. Susan hatte binnen ihrer Studienzeit mehrere Kurse besucht, die sich selbst als bewußtseinserweiternd anpriesen. Wenngleich die meisten davon sinn- und zwecklos waren, dafür im Gegenzug im Stande waren Geld förmlich auszuradieren, hatte einer davon durchschlagenden Erfolg gehabt. Seitdem schaffte es Susan selbst im größten Ärger, kurz inne zu halten um neue Kräfte zu sammeln. Es war in gewisser Weise fast meditativ. Und die Möglichkeiten des Geistes, die selbst auf diese Weise nur unzureichend ergründet wurden, verblüfften mich jedesmal. In diesen Momenten stellte sich Susan stets einen Ort der Ruhe und Gelassenheit vor. Dabei waren jene Plätze so verschieden wie die Menschen oder deren Konfliktsituationen. Was den Kursteilnehmern anfänglich viel Konzentration und Selbstkontrolle abverlangt hatte, funktionierte bei fast allen, schon nach kurzer Zeit, wie etwas Simples, Angeborenes.

Doch dann, in direkter Folge zu dem geäußerten Mißfallen über die chaotischen Zustände des Verkehrs zur Mittagszeit und ihr nächstes Urlaubsziel, fragte sie, wie ernst meine Probleme wären.

„Es läuft bei Ihnen im Moment nicht sonderlich gut, oder? Ich habe von Hesselroth natürlich schon so Manches gehört." Sie spürte mein abruptes Erstaunen.

„Das ist unvermeidlich, wenn man so eng wie wir zusammen arbeitet. Was ist los Frank?", wollte sie wissen, und die große Fürsorge schuf eine wohltuende Wärme. Wenn ich so darüber nachdenke und versuche zu beschreiben wie wir zueinander standen, schwanke ich stets zwischen einer Mutter, die um ihren Sohn besorgt ist und einer liebevollen großen Schwester, die ihrem kleinen Bruder aufhilft nachdem er sich das Knie gestoßen hat.

Es fehlte nicht viel und ich hätte mich schluchzend und Hilfe suchend in ihre Arme geflüchtet. Schließlich hatte ich in diesem Haus noch nie ein solch intimes Gespräch wie in den letzten Minuten geführt. Selbst außerhalb dieser Mauern hatte ich meist geschwiegen. Und auch wenn ich beim Schreiben keine Hindernisse gespürt hätte, falls mir die Worte nur so aus den Fingern geflossen wären, als nie versiegender Quell meiner Phantasie, wäre soetwas mit meinem eigentlichen Lektor auch in einer Million Jahre nicht möglich gewesen. Zu Frau Schneider hatte ich bereits zu einem frühen Zeitpunkt, als wir uns vor Jahren das erstemal begegnet waren, ein vollkommen anderes Verhältnis gehabt. Eine Beziehung, die auf den Säulen spontanem Vertrauens ruhte und sich von keinen Erdstößen erschüttern ließ. Ich weiß es selbst nicht so recht. Dementsprechend fällt es mir schwer dieses Gefühl auszudrücken, aber ich denke es war tatsächlich eine Art von mütterlicher Zuneigung, die sie für mich hegte. Aber vermutlich irre ich mich mal wieder.

„Ich schätze Sie haben es schon oft genug gehört, um es nicht mehr hören zu können."

Sie stockte, schaute interessiert amüsiert und beugte sich ein wenig weiter über den Schreibtisch

„Was meinen Sie?"

Ich senkte den Blick, rieb mir mit den Fingern in den Augen und lachte, ein von Galgenhumor beladenes Lächeln.

„Ich kann einfach nicht! – Es geht nicht! Als hätte jemand mein Hirn durch einen Mixer gedreht und die ganze Sauerei wieder zurück gesteckt. - Es ist schlimm!" Schnell nahm ich meine Hand aus dem Gesicht und öffnete die Augen. Auf einmal hatte ich das Bedürfnis aufzustehen, im Zimmer herum zu laufen und mir Luft zu machen. Meine nervöse Seite verwehrte es mir oft, einfach so dazusitzen und persönliche Probleme anzusprechen, als handle es sich um die eines imaginären Dritten. Ich stand also auf und stellte mich hinter den Stuhl, stützte mich mit den Armen an der Lehne ab.

„Ich weiß gar nicht wo ich anfangen soll! Wissen Sie, ich habe Einfälle und Ideen, ja beinahe mehr als früher. Das ist keine Schwierigkeit. Nur..." Ich lachte innerlich bei dieser himmelschreienden Untertreibung. Eine weitere Gelegenheit um mal wieder zu merken wo die Grenzen mancher Sprachen liegen. „ ... fällt es mir so unglaublich schwer diese Ideen auch umzusetzen! Es ist mir im Grunde unmöglich etwas Komplexes auszuarbeiten!" Ich machte eine Pause, ging ein paar Schritte und setzte von neuem an, mein Dilemma möglichst objektiv zu schildern. Ich wollte nicht jammern, nicht klagen sondern erreichen, dass man mich verstand. Keineswegs war es mein Ziel, doch das freundliche Wesen von Frau Schneider hatte erreicht, dass ich nun ein starkes Bedürfnis hatte mich mitzuteilen.

„Können Sie verstehen wie mich das belastet? Wenn ich früher nicht zurechtkam, fehlten mir einfach nur die richtigen Anfänge und Eingebungen. Dann ließ ich die Sachen ruhen, beschäftigte mich mit etwas Anderem und irgendwann ging es wieder. Es lief in gewisser Weise wie von selbst. Doch jetzt - jetzt ist es fast so, als hätte ich alles verlernt. Oder vielleicht sogar nie besessen. Das Wichtigste überhaupt ist mir abhanden gekommen. - Ich verzweifle daran Frau Schneider! Es frißt mich auf und zerstört viele wunderbare Dinge!"

Ich fuhr mir durchs Haar und blickte versteckt zu ihr herüber. Ein bittender Blick lastete nun auf ihr. Und ich war sicher, dass sie ihn spürte. Die reine Wahrheit kann mit ihrer Schwere sehr erdrückend sein. Manches mal hilft sie einem weniger als eine Lüge. Und bei mir schien es gerade jetzt so zu sein. Schließlich konnte ich nach diesem Geständnis wohl kaum mit einer rettenden Antwort, präsentiert auf dem Silbertablett rechnen. Doch Frau Schneider war gut. Sehr gut sogar. Sie blickte mich an, wenig Mitleid sondern nur die Bemühung alles nachzuvollziehen spiegelten sich in ihrem Blick, als sie fragte: „Welche wunderbaren Dinge leiden unter Ihrer Blockade?"

Ein tiefes Schnaufen kam zunächst als Antwort. Ach Susan, jetzt bespreche ich unsere Probleme schon mit fremden Leuten, dachte ich. Als wäre ich in psychiatrischer Behandlung würde ich sogleich mein Innerstes nach außen kehren. Ich fühlte mich wie ein seziertes Tier in dessen Gedärm herumgewühlt wurde. Sei es um andere zu retten, oder einfach nur die Zukunft voraus zu sagen. Ausweiden auf eine andere Art. Aber was wenn der Frosch, der Fisch selbst darum gebeten hat?

„Meine Freundin will nichts mehr von mir wissen. Dabei hat sie noch nichtmal einen Neuen. Was für mich sehr viel leichter zu ertragen wäre!" Nein, da war kein Rivale an dem ich meine Wut auslassen konnte, den ich verantwortlich machen und ihn als schwache Ausrede verwenden konnte. Da war nur ich, und das war eine zerfleischende Wahrheit.

„Das hört sich für mich aber gar nicht so schlimm an."

Ich glaubte mich verhört zu haben, zwinkerte kurz und schaute ebenso erstaunt wie verärgert.

„Tut mir ja leid falls Sie mit solchen Geschichten nie Probleme haben, aber was mich betrifft so verliere ich allmählich jeden Funken Hoffnung!", polterte ich ungehalten los.

„Frank, so meinte ich das nicht! Beruhigen Sie sich!"

„Oh, Sie können sich gar nicht vorstellen wie sehr es mich ankotzt für jede Emotion eine Entschuldigung zu finden. Ich will mich nicht beruhigen! Dieses Dilemma geht mir verdammt nahe! Und allmählich könnte ich mir selbst eine reinhauen, weil ich dieses Thema angeschnitten habe!" Ach ja, meine Emotionen. Auch so ein spezielles Thema. Oft als zu ruhig und still dargestellt, konnte ich mich in regelrechten Wuterektionen verlieren. Gerade wegen der sonst so sehr ausgelebten Selbstkontrolle, waren diese Ausbrüche um so deftiger.

„Nein, nein! Sie verstehen nicht. Ich halte es für positiv wenn Sie sich über die Schwierigkeiten im klaren sind. Die meisten verdrängen doch erstmal die wahren Gründe. Kaum jemand weiß wo der Hund begraben liegt. Bei Ihnen scheint das hingegen ganz anders zu sein!", sagte sie hastig um auch ja nicht von einem meiner gereizten Monologe unterbrochen zu werden. „Darauf läßt sich doch aufbauen, meinen Sie nicht?"

Ich gab klein bei und schwieg. Und Frau Schneider schloß sich mir an. Hundert-Meter-Sprintern gleich, mußten wir verschnaufen und alles erstmal einwirken lassen. Die Luft im Büro hatte noch für einige Momente diese aufgeladene Atmosphäre. Erst danach wurde sie durch das frische, neue Erwachen wie nach einem heftigen Gewitter ersetzt. Inzwischen war aus diesem kleinen Gespräch endgültig eine Therapiestunde geworden. Eine kostenlose immerhin. Doch um diesen Vorteil zu erkennen, fehlte mir die nötige Nüchternheit. Und außerdem war es tatsächlich so gekommen, dass ich mich in die Ecke getrieben fühlte. Mit jeder Minute fühlte ich mich mehr und mehr wie ein Kaninchen vor der Schlange. Ich wollte gehen.

Frau Schneider schien auch das zu merken und wollte mir wohl noch etwas Aufrichtendes mit auf den Weg geben. „Diese Sache tut mir sehr leid Frank, glauben Sie mir. – Sobald Herr Hesselroth zurück gekehrt ist, werde ich mal mit ihm sprechen. Er sollte wissen, dass Sie sich im Moment nicht hundertprozentig auf Ihre Arbeit konzentrieren können.", meinte sie freundlich, aber auch sehr davon überzeugt, dass ein solches Vorgehen der beste Weg wäre.

„Himmel, bloß das nicht. Mitleid ist wohl kaum eine gute Motivationshilfe! Ich will bestimmt nicht, dass auch noch Herr Hesselroth über meine verkorkste Situation Bescheid weiß. Also, vergessen Sie es bitte!"

Wie mir schien konnte sie sich mit diesem Gedanken nur schwer anfreunden und ich fürchtete, mich in ihr getäuscht zu haben. In einem kurzen Geistesblitz sah ich sie neben der Kaffeemaschine stehen und meine Lebensprobleme der neuen Sekretärin vorbeten.

„Wenn Sie es wollen. Ich hatte keine Ahnung, dass Sie so wenig Vertrauen zu Ihrem Lektor haben."

„Bitte!?" Allmählich schlich sich ein großer Schwall schlechter Laune meine Kehle hinauf und würde ich dieses Büro nicht bald verlassen, konnte sich selbst die freundliche Frau Schneider davon überzeugen, dass ich im Eifer des Gefechts selten Gefangene machte.

„Ja natürlich! Wo habe ich nur meinen Kopf, ich hatte vergessen, dass Sie selbst Ihrem Postboten über Ihr Alkoholproblem, die gescheiterte Ehe und die Selbstmordversuche Ihrer Tochter erzählen! Tut mir leid, aber für einen Moment hielt ich die Welt da draußen für kalt und gefährlich! – Ich kann mich nur entschuldigen!", wehrte ich mich mit lauter Stimme. Ich schwieg einige Momente, blickte zum Teppichboden und fühlte den klebenden Scham auf mir haften wegen dieses erneuten Ausbruches. Doch ich war hin und her gerissen. Ebenso wie mir all das mißfiel, konnte ich auch eine gewisse Stärke daraus schöpfen. So unsinnig und widersprüchlich es auch klingen mag; es war so. In den letzten Minuten waren so viele Worte über meine Lippen gekommen, wie seit Tagen nicht mehr. Von der Kreativität die nötig war, um sich einigermaßen zur Wehr zu setzen ganz zu schweigen.

Hastig nahm ich meine Mappe wieder entgegen und machte mich daran zu verschwinden. Als ich die Tür bereits halb geöffnet hatte, entschuldigte ich mich unbeholfen aber ehrlich und ging dann endgültig hinaus. Was Frau Schneider nun von mir hielt konnte ich nur vermuten. Aber schon als ich auf die Straße trat, dachte ich nicht mehr daran. Von mir unbemerkt, hatte es angefangen zu regnen. Ein wahrer Wolkenbruch verwandelte die gesamte Stadt in eine feuchte Welt, in der es nun noch hektischer zuging. Auf der Suche nach Deckung rannte man auf gegenüberliegende Straßenseiten, in Geschäfte und in den Trockenschatten ausladender Markisen.

Ich stapfte durch die Bindfäden, fühlte die Feuchtigkeit in meinen Turnschuhen, hörte wie sie nach einiger Zeit bei jedem Auftreten quietschten, spürte wie dicke Tropfen auf meinen Kopf trafen und mein Haar durchnäßten bis es an meinem Kopf klebte wie ein

Helm. Doch einem starken Regen wie diesem, hatte ich bereits als Kind mehr Gutes als Negatives abgewinnen können. Möglich, dass es damals nur ein Spiel gewesen war. Sobald jedermann sich eifrig nach einem Unterstand umsah, stiefelte ich eben besonders gelassen durch die Gegend. Wahrscheinlich nur um allen zu zeigen wie anders ich doch war. Aber auch wenn ich mittlerweile von mir behaupten kann, diesen tückischen Verhaltensfallen entwachsen zu sein, hatte ich noch immer nichts gegen ein schönes Unwetter.

Als ich nach Hause kam, war ich vollkommen durchnäßt, eine kleine Erkältung schickte schon ihre ersten Vorboten durch meine Nase und mein gesamter Körper fühlte sich schlapp und kraftlos an. Als schwaches Gegengewicht hatte ich zumindest den Anflug seelischer Ausgeglichenheit. Ich hatte keine gute Laune, das nun wirklich nicht. Aber es war auch nicht so, als sollte mich das Gespräch mit Frau Schneider noch nächtelang in meinen Träumen verfolgen. Müde zog ich in meinem Bad die nasse Kleidung aus und ließ sie direkt vor der Waschmaschine liegen. An diesem Abend war mir nicht mehr nach Hausarbeit.

Ich griff mir meinem Morgenmantel und ging zurück ins Wohnzimmer. Abrupt blieb ich im Raum stehen, schaute mich, ohne etwas direkt zu suchen, nach mehreren Richtungen um und versuchte dieses merkwürdige Gefühl, das mich gerade befallen hatte und wie eine große Hand wirkte, die mich festhielt, zu deuten. Es dauerte einen Moment, ehe ich allein die Eingebung verstand. – Ich hatte an diesem Abend an etwas denken wollen, an etwas Wichtiges, soviel war mir klar. Doch was es war, fiel mir erst wieder ein als ich meinen alten Fußball hinter dem Sofa liegen sah. Seit langem zu einem deprimierenden Leben als

Stütze der Erinnerung verurteilt, bekam ich manchmal gar ein schlechtes Gewissen wenn ich den grauschwarzen Ball ansah. Aber nicht diesmal; statt dessen brachte er mich auf die richtige Idee. Heute kam das Spiel im Fernsehen. Jenes Fußballspiel, das ich mir zusammen mit meinem Nachbarn und Freund Ray anschauen wollte. Die Fußballsaison ging in ihre entscheidende Phase und die Begegnungen waren an Spannung und Einsatzwillen der Spieler kaum noch zu übertreffen.

Schlagartig waren die Probleme verflogen. So skurril es sich wohl anhören muß, doch es war tatsächlich so. Meist wurde mir die beeindruckende Wirkung dieses Spiels erst später bewußt. In den Augenblicken zu denen es ablief, war ich einfach nur ausgeglichen und befreit von den Problemen die mich sonst erdrückten.

Ich eilte in die Küche um den Bestand der Knabbereien und kleinen Snacks zu überprüfen. Jetzt, da es nicht mehr lange dauerte und ich mich bereits umgezogen hatte, wäre es doch sehr ärgerlich gewesen, doch noch in den nächsten Supermarkt zu hetzen um meine Regale aufzustocken. Doch wenn es nötig gewesen wäre, hätte ich es getan, bei allem Überdruß. Diese Knabberei war bei mir eben schon immer ein fester Bestandteil des Erlebnisses Fußball. Vielleicht ist es ja der Irrglaube, man könne dadurch irgendwie soviel schöne Dinge wie möglich miteinander verbinden. Auch wenn man natürlich nicht selbst spielt. Aber ich glaube schon, dass die Psyche in diese Falle tritt. Bei mir zum Beispiel wäre wohl nur noch eine Steigerung vorstellbar. Das hätte dann allerdings mit Fußball, Snacks und Sex zu tun. Und auch wenn man mir manchmal nachsagte ich wäre phantasievoll, übersteigt dieser Gedanke doch irgendwie meine Vorstellungskraft. Irgendwo hat wohl jeder seine Grenzen.

Bei genauerer Betrachtung kommen mir sogar sehr starke Zweifel ob diese Dreierkombination wirklich so gut funktionieren würde wie man auf den ersten Blick meinen könnte. Es ist doch so, wenn ich einen unrasierten Hünen von 1,90m Größe und knapp zwei Zentnern Körperfülle vor mir sehe und mir gleichzeitig einen dressingbetunkten Käsekracker in den Mund schiebe, hat das wohl nicht mehr viel mit Erotik zu tun. Doch glücklicherweise gibt es auch noch genug elegante Techniker, die mit Leichtigkeit Kunst auf dem grünen Rasen zelebrieren und mit Ballstafetten aufwarten, dass einem das Herz aufgeht. Und das reicht dann meist schon aus um...

Beladen mit allerlei künstlichen Köstlichkeiten, ging ich zurück zum Fernseher und verteilte zunächst alles strategisch auf dem Couchtisch. Schließlich mußten die Bewegungen während des Spiels annähernd blind funktionieren. Kein Dip und kein Chip sollten mich von spektakulären Spielzügen oder gar einem Tor ablenken. Doch dank meiner Routine, stellte diese Aufgabe kein weiteres Problem für mich da.

Ich hab es nicht allzu gern, wenn während dem Fernsehschauen ringsum zu viele Lampen angeschaltet sind. Am liebsten genieße ich alles in stiller, leicht bläulicher Dunkelheit. So wird schon von grundauf dafür gesorgt, dass der Blick nicht von der Einrichtung abgelenkt wird.

Das Bild flimmerte über mein Gesicht und gespannt wartete ich darauf, dass die Übertragung anfing. Dabei sollte ich vielleicht erwähnen, dass Ray und ich, in Sachen Fußball echte Landesverräter waren. In manchen Momenten überkam mich ehrliche Traurigkeit, dass es vor einigen Jahren so weit gekommen war. Doch die meiste Zeit über genossen wir es einfach. Die englische Premier League hatte es uns angetan und wir waren glühende Verehrer dieser Art Fußball zu spielen. Nebenbei war die dortige Spannung unübertroffen. Der Verein, der mir am Herzen lag war Newcastle. Schon seit jeher, und ich weiß heute genaugenommen gar nicht mal warum. Wegen der Spielstärke konnte es nicht unbedingt sein. Aber na ja. Diesbezüglich hatte Ray weitaus häufiger Grund grölend die Arme hochzureißen. Er liebte die Gunners - Arsenal London.

Kurz vor Spielbeginn: die Spieler trabten im Anspielkreis wie nervöse Rennpferde auf der Stelle, kam dann auch Ray. Dass er mal wieder reichlich spät auftauchte war nichts Neues. Genaugenommen war die Pünktlichkeit in seiner Unpünktlichkeit die größte Konstante von Ray Zambrotta, seines Zeichens Italiener und trotzdem größter Arsenal London Anhänger, den ich jemals kennengelernt habe. Müßig zu erwähnen, dass selten ein Tag verging, ohne dass Ray sein Mißfallen zum Ausdruck brachte in der falschen Stadt zu wohnen. Auch wenn er es sicher nicht ganz ernst meinte, jammerte er allzu gern, dass ein Typ wie er einfach nach London gehöre.

„Hab ich's noch geschafft?", fragte er keuchend, als er neben dem Sofa stehen blieb. Sein Atem ging schwer, doch sein Blick stürzte sich sofort auf den Bildschirm.

„Nein, du kommst gerade noch rechtzeitig zur Zweiten Halbzeit!", antwortete ich und probierte einen neuen Kräuterdip.

„Was? Kann nicht sein!" Verzweifelt versuchte er eine Uhr zu erhaschen. Bedauerlicherweise hatte ich nur zwei Uhren in meiner gesamten Wohnung und keine davon befand sich im Wohnzimmer. Er selbst trug auch keine und so mußte er noch zwei quälende

Sekunden in Ungewißheit verbringen, ehe ich ihn beruhigen konnte.

„Nein, nein. Es geht erst los, komm setz dich."

Ray legte seine feuchte Jacke auf einem Stuhl links der Tür ab und machte es sich bequem Spiele wie diese waren für uns besonders reizvoll. Schließlich spielten die Gunners gegen Newcastle.

Gleich zu Anfang der Begegnung gab es eine umstrittene Situation. Newcastle war in Ballbesitz, spielte schnell nach vorn und schickte einen der Außenstürmer mit einem langen Paß in Richtung Strafraum. Arsenal hatte versucht auf Abseits zu spielen. Doch sie waren zu langsam. Dennoch verlief alles ein wenig anders. Der Stürmer rannte mit dem Ball am Fuß in den Sechzehner, spürte die Gegner in seinem Nacken und wollte gerade zum Schuß ansetzen, als er doch noch eingeholt wurde. Gleich zwei näherten sich von beiden Seiten. Kantige Abwehrspieler. Mit einem mal kippte der Angreifer nach hinten. Hielt sich das Gesicht und stürzte aus vollem Lauf zu Boden. Mit offenkundig großen Schmerzen, blieb er einfach liegen. Keine Spur von einem theatralischen Herumwälzen auf dem Platz. Sofort gab es ein kollektives Raunen im Stadion. Doch der fällige Pfiff des Schiedsrichters blieb aus. Und auch der Assistent an der Außenlinie hatte anscheinend nichts gesehen. Schnell, um das Spiel nicht zu verzögern und dem Schiedsrichter nicht noch die Möglichkeit zu geben seine Meinung zu ändern, spielte Arsenal seinerseits nach vorn. Doch dies gelang ihnen nicht lange. Eine wütende Grätsche beförderte den Ball auf die Tribüne. Nun war das Spiel doch unterbrochen. Und der gefällte Spieler lag noch immer auf dem Boden. Besorgt standen einige Mitspieler um ihn herum und die Physiotherapeuten der Mannschaft eilten mit schweren Taschen auf den Platz.

Mir fiel beinahe ein Chip aus dem Mund, als ich empört die Arme hochwarf und einen kleinen Hopser auf der Couch machte. Ich war wütend

„Verdammt, das war ein Foul, ganz klar!"

Ray neben mir betrachtete all das kühler.

„Halt bloß den Mund und hock dich wieder hin! Er kann froh sein, wenn es keine gelbe Karte für die Schwalbe gibt!"

Schon entstanden erste Wortgefechte, bis einige Spieler herumgeschubst wurden. Alle drei Schiedsrichter waren jedoch sofort zur Stelle um Gröberes zu vermeiden. Hastig schoben sie die Streithähne auseinander.

Vermutlich hätten auch wir solch einen Schlichter gebraucht. Offensivfoul? Das war für mich zuviel

„Was? Bist Du irre? Er hat ihn ganz eindeutig umgestoßen, richtig abgeschossen! Schau ihn dir an, der fällt garantiert aus!" Mir tropfte etwas von der Soße ans Kinn. Unbeholfen wie ich war, versuchte ich es aufzufangen, ehe der Boden befleckt wurde, doch dadurch brach der andere Chip in meiner Hand, den ich gerade beladen hatte, ab und plumpste hinunter.

Ray lachte sofort los. Verdutzt blickte ich zu ihm auf. Doch er lachte mich nur aus. Ein breites Lachen zog sich über sein Gesicht.

„Was ist denn? He, was?", wollte ich wissen. Verärgert über das Spiel und über meinen Freund.

Ray brauchte noch ein, zwei Augenblicke ehe er stolperfrei antworten konnte.

„Du müßtest dich mal sehen. Keiner, absolut niemand würde dir abkaufen, dass du Bücher und Gedichte schreibst! So wie du jetzt dahockst; auf gar keinen Fall!"

Während er so schamlos über mein Äußeres und mein Verhalten herzog, versuchte ich den Klecks aufzuspüren und schnellstens zu beseitigen. Nachdem mir dies gelungen war, setzte ich mich wieder auf und blickte mürrisch zu ihm herüber. Mit größter Unbekümmertheit, legte ich das Küchenpapier beiseite und griff mir eine Salzbrezel. Doch er hatte mich wohl bereits am Wickel. Da mußte es einfach raus.

„Nur mal so ganz allgemein, ich glaube das gehört zu den Vorurteilen unter denen wirklich begabte Menschen stets zu leiden haben." Tatsächlich, Ray hatte es doch geschafft mich vom Spiel abzulenken. Aber dieser Gedanke war mir ausnahmsweise ziemlich wichtig. Unbemerkt gestikulierte ich auch noch unterstützend mit der Brezel. „ – Ich meine, wenn man sich für eine gewisse Sache entschieden hat...,"

„Was für eine gewisse Sache denn?", unterbrach er mich schnell und spitz. Ich verzog das Gesicht und ärgerte mich.

„Naa, ich rede von etwas künstlerisch wertvollem, obwohl es vielleicht auch für die großen Wirtschaftsmagnaten gilt. Es ist doch so, plötzlich darf man scheinbar keine Freude mehr an schlichten, normalen Dingen haben. Das ist schlimm und geht mir ehrlich gesagt sehr auf die Nerven! Übrigens, nur zu deiner Information: Der letzte Literaturnobelpreisträger ist auch Sportfan; hab ich zumindest gehört."

Ich freute mich über diesen Gedanken und ihn endlich mal ausgesprochen zu haben. Etwas Ähnliches hatte ich in meinem Kopf schon sehr lange herumgetragen: doch war ich bisher immer zu zurückhaltend gewesen, um meine Meinung auch wirklich zu vertreten. - *Wie schmeckt Ihnen denn diese herrliche Himbeercreme? - Ich weiß auch nicht, aber nur mal so ganz allgemein, ich glaube* .... Nein, das hätte wohl selten gepaßt. Trotzdem war Ray mal wieder völlig unverhohlen, wenn es um seine Gefühlswelt ging. Schelmisch, etwas wissend, schaute er mir in die Augen. Ungläubig, fast schon vorwurfsvoll.

Ich blickte ihn an und zum Fernseher, wieder zurück.

„Himmel, das sollte jetzt keine Anspielung darauf sein, welcher sportbegeisterte Prolet vielleicht sein Nachfolger wird! Du kannst aber auch verdammt fies sein. Ich wäre doch schon überglücklich, wenn ich einen dieser schlauen Sätze unter den Karikaturen hinbekommen würde!"

Bei aller Wortlosigkeit, die mir in diesen Wochen und Monaten anhaftete wie eine zweite Haut, war ich vermutlich doch noch eloquent genug um meine eigene verworrene Situation vorzutragen, eine gehörige Portion Selbstmitleid hinzuzufügen und dann das Ganze mit etwas sarkastischem Beiwerk abzuschmecken. Es mußte so sein, denn Rays Gemüt wurde ganz eindeutig von den scharfen Schwingen eines schlechten Gewissens gestreichelt. Er wußte wohl so gut wie kein Zweiter wie es um mich stand und war sogleich um Schadensbegrenzung bemüht.

„He, nimm's nicht so ernst. Ich rede doch immer solches Zeugs! Es war nur ein Spaß!"

„Ach vergiß es. Ist doch nicht der Rede wert, laß uns lieber das Spiel anschauen." Ich sah seit ein paar Minuten das erstemal wieder aufmerksam zum Fernseher.

„Na da, schau's dir an. Du verpaßt noch, wie deine Fieslinge vom Platz gefegt werden!", entgegnete ich und deutete mit der Hand auf die flimmernden Bilder. Newcastle hatte gerade einen schönen Schuß aufs Tor geschickt. Aus fünfundzwanzig Metern segelte der Ball nur um Haaresbreite am linken Pfosten vorbei, und die Superzeitlupe zauberte ein Lächeln auf mein Gesicht.

„Nein, jetzt weich nicht schon wieder aus. Wir haben das Thema bereits so oft angeschnitten und immer läßt du's dann bleiben. – Das geht doch so nicht weiter!"

„Du willst reden?"

Ray nahm die Fernbedienung und schaltete den Fernseher aus.

„Ja! Hör mal, kann es sein, dass du alles ein wenig zu ernst nimmst? Nimm es mir nicht übel, aber du wirkst auf mich unglaublich verkrampft, du frißt alles in dich hinein. Laß es mal raus! Los Frank! Versuch dich endlich zu entspannen!"

Ray wußte sicher nichts über die Art und Weise wie man zu Depressionen neigenden Personen unter die Arme griff, dennoch bin ich mir sicher, dass nur wenige Therapeuten mit weniger Worten mehr geholfen hätten. Ein tiefer Atemzug ließ sich meine Lungen geradezu aufplustern. Ich kam mir vor wie ein streitsüchtiger Hahn. Doch wie sonst hätte ich die Energie nehmen sollen endlich einmal alles auszusprechen? Ich sammelte Kräfte um mich zu öffnen und um vermutlich nur eine weitere Enttäuschung hinzunehmen. Denn selbst bei Ray war ich mir ziemlich sicher, dass er mich einfach nicht verstand. Auch er würde, wie wohl die meisten Menschen, meine Probleme als lösbar empfinden. Sicher, auch für sie war es keine Lappalie, doch sie konnten sich schlichtweg nicht in mich hineinfühlen um zu verstehen wie es ist, wenn man sich nur noch als halber Mensch fühlt.

Nichtsdestotrotz startete ich einen Versuch. Wie ein Taucher konzentrierte ich mich noch ein etztes mal auf meine Atmung ehe ich ansetzte.

„Weißt du wie es im Moment mit mir und Susan läuft?", fragte ich. Plötzlich hörte es sich befreit und aufgelockert an. Wie die Frage eines Lehrers, der davon überzeugt ist, von niemandem in seiner Klasse die passende Antwort zu hören.

„Nicht so gut wie es sein sollte; - und könnte!", antwortete Ray aus vollster Überzeugung. Es war nicht so, dass ich stets versuchte mir bei ihm das Herz auszuschütten, das heißt nicht mehr. Bis vor einem Jahr rechnete ich es mir selbst noch hoch an, offen über meine Gefühle sprechen zu können. Mittlerweile war dies jedoch vollkommen anders. Aber natürlich waren die Ruinen unserer Beziehung von Weitem zu sehen. Und Ray war noch dazu ein guter Beobachter.

„Das ist wohl die Untertreibung des Jahres! – Ray, sie war heute bei mir. Ich denke es ist aus!" Ich fiel zurück in eines dieser Löcher, die so mächtig sind, dass sie selbst die Augen des besten Freundes zu beschuldigenden Pforten dämonischer Klüfte werden lassen. Ungehindert fraß sich ihre Hitze in meinen Körper und ich konnte nichts anderes tun, als beklommen auf die Couch zu starren. Aber Ray reagierte bei weitem verwirrter, als ich es mir vorgestellt hatte. Mit einem Mal schien er sich unwohl und ertappt zu fühlen. Er schwieg, ich schaute auf und seine Pupillen flüchteten wie unter einem grellen Licht.

„Was ist?"

„Was soll schon sein? Ich hab nichts!", versicherte er schnell. Dafür aber um so unglaubwürdiger.

„Natürlich! Was geht hier vor? Du hast reagiert als wäre da irgendwie mehr!", meinte ich. Angestachelt durch sein merkwürdiges Verhalten, hatte ich alle Selbstzweifel für kurze Zeit verloren und bohrte jetzt meinerseits heftig nach der Wahrheit. Ich war mir absolut sicher. Wir kannten uns seit vielen Jahren und wenn es hart auf hart kam, konnten wir uns gegenseitig kaum etwas verheimlichen.

„Verdammt Ray!"

Zögerlich ruckte er auf dem Sofa hin und her.

„Du weißt es, oder?"

Meine Augen verengten sich, wurden zu bösen Schlitzen.

„Ich weiß es war ein Fehler von mir, aber was konnte ich denn schon machen. Ich mußte es ihr versprechen! Außerdem war es eine Ausnahme und ich wollte dich nicht verletzten, du warst schon weit genug unten!"

Wütend griff ich nach seinem Kragen. Beinahe zerriß ich den feinen Stoff.

„Ray!", sagte ich langgezogen und ich spürte wie sein Mut schwand. Ja, ich glaube er hatte in diesem Moment tatsächlich Angst vor mir.

„Es tut mir so leid...," haspelte er. „... Aber was hätte ich tun sollen? Sie sagte es wäre nichts von Dauer gewesen. Höchstens drei Wochen!"

„Verflucht. Ich will, dass du mir sofort alles erzählst! Ich habe keine Ahnung wovon du sprichst, aber ich kann mir nicht helfen, irgendwie bin ich jetzt ein wenig neugierig!", polterte ich los und zog ihn näher zu mir heran. Endlich erkannte er seinen Fehler und seine Augen weiteten sich wieder. Die Überraschung war ihm ins Gesicht geschrieben.

„Sie hat es dir nicht erzählt? - Mein Gott!'

„Ich glaube es einfach nicht! Könntest du bitte mal etwas genauer werden? Wenn du nicht gleich Tacheles redest, vergesse ich mich!"

„Ist ja gut, ist ja gut, laß mich vorher aber los und beruhige dich ein wenig!" Ich weiß nicht so recht wie es mir gelang, doch meine Finger lösten sich von seinem Hemdkragen und ich wich ein Stück zurück.

„Es ist ungefähr einen knappen Monat her, da kam Susan zu mir ins Geschäft und wollte mit mir sprechen. Ich hab gleich gemerkt, dass etwas nicht in Ordnung ist. Zuerst dachte ich schon, es ginge um dich, dass du einen Unfall gehabt hast oder so was. Doch es war etwas Anderes." Ray zögerte. Meine Wut und das Mißtrauen waren in keinster Weise abgeklungen. Aber ich merkte auch, wie schwer er sich tat.

„Ich machte also früher Mittagspause und wir setzten uns in ein Bistro. Ich weiß heute noch nicht, warum sie es gerade mir erzählt hat. Na ja wir verstehen uns ziemlich gut, aber trotzdem, immerhin bin ich dein bester Freund. Was dachte sie sich nur dabei. Ehrlich gesagt nehme ich es ihr ziemlich übel, dass sie mich auf diese Weise eingeweiht hat." Wieder machte er eine Pause. Ich sagte nichts, schaute nur mit ungeduldiger Neugier.

„Frank, sie hatte ein Verhältnis!" Nun war's endlich raus, nach diesem ellenlangen Vorspiel hatte er es doch geschafft. Kurz und klar stand die Wahrheit nun vor mir. Vermutlich fehlt mir das nötige Erinnerungsvermögen, doch mir fiel keine Gelegenheit ein, bei der ich etwas Ähnliches empfand. Eine solche Verwirrung hatte etwas von der Neuheit des ersten Kusses, des ersten selbst verdienten Geldes oder was weiß ich was. Eine Mixtur aus Erleichterung und Bestätigung, aus Wut und verletztem Stolz, aus der sonderbaren Freude über Susans Glück und dem Bruch eines über Jahrhunderte kultivierten männlichen, besitzergreifenden Machogehabes, durchflutete mich in atemberaubender Geschwindigkeit, lähmte meine Gefühle, fror sie förmlich ein und ließ meinen gesamten Körper in einer abgeschlossenen Blase zurück. Aber es erschien mir mehr zu sein. Meine

Augen sahen nichts mehr, alles war hell und leicht. Und für einen Bruchteil einer Sekunde war nichtmal mehr Verwirrung - nur noch absolute Ausgeglichenheit.

Ein Zwinkern holte mich zurück in meine reale Welt. Die Gefühle waren klar und rein, sie hatten sich von allen Extremen befreit und ich war nur noch darauf aus, etwas über Susans Abenteuer zu erfahren. Ja, man könnte fast sagen, es ging mir so gut wie seit Monaten nicht mehr.

„Kenne ich ihn?" Die Frage mußte ich wohl mit derartiger Ruhe gestellt haben, dass sich selbst Ray nicht sicher war, ob ich mich beruhigt oder einen kaltblütigen Plan ausgeheckt hatte. Aber vielleicht war es auch nur das weitere Wissen, das ihn beinahe einen Arm zum Schutz nach oben halten ließ.

„Emm, na ja. Ob Du ihn kennst? – Tja, emm, es war kein Mann!"

„Aha...."

„Sie hieß Madlene und war wohl nur einige Wochen in Rotterdam. Sie haben sich im Bus kennen gelernt." Er wartete und rechnete damit, mich endlich explodieren zu sehen. Doch ich blieb wie ich war – ruhig.

Das war interessant. Der Gedanke, dass meine Freundin mich mit einer Frau betrogen hatte, war schlichtweg zu unglaublich um sofort eine Meinung oder Einstellung dazu zu haben. Aber auch nachdem ich mich mit den Tatsachen irgendwie auseinandergesetzt und abgefunden hatte fühlte ich keinen Ärger gegen irgend jemanden. Allein schon da ich in Gedanken das Wort betrogen strich, zeigte mir dass ich Susan verstand. Ich machte niemandem Vorwürfe, verfluchte niemandem nur mich selbst.

„Weißt du, was mich interessieren würde?"

„Ich kann mir da so einiges vorstellen.", antwortete Ray beklommen; dennoch, eine gewisse Komik konnte man der Situation wirklich nicht absprechen.

„Ich verstehe nicht ganz, warum sie es dir gesagt hat. Ich meine sie mußte doch damit rechnen, dass du alles ausplapperst."

Alles schien sich soweit entspannt zu haben, dass Ray auch kurz an sich denken konnte.

„He, nun mach mal halblang. Wenn man mir etwas anvertraut, kann man in der Regel schon damit rechnen es am nächsten Tag nicht gleich in der Zeitung zu lesen!"

Ich blickte ernst und bedeutete ihm, dass es anders gemeint war. Für mich war es schlichtweg eindeutig, dass Susan versucht hatte sich auf diese Weise aus der Affäre zu ziehen. Es war mir klar, doch verstehen konnte ich es überhaupt nicht. Wenn man mich gefragt hätte, wären mir ungefähr hundertdreiundfünfzigtausend Gründe eingefallen die dafür standen, dass Susan ähnliche Angelegenheiten nicht auf diese Weise regelte. Doch wie sich gezeigt hatte, mußte ich das Bild über meine Susan komplett revidieren. Letztendlich nur ein weiterer Beweis dafür, was für ein Idiot und Ignorant ich gewesen war.

Ray versuchte in der nächsten halben Stunde mitfühlend mein scheinbar gebrochenes Ego wieder aufzurichten. Die Scherben zu kitten. Bedauerlicherweise hatte er keinen Sekundenkleber dabei. Denn jedesmal, sobald er einen Zacken meiner Krone angeklebt hatte, zerbröselte irgendwo ein anderer Teil.

Nichtsdestotrotz versicherte ich ihm, dass es mir nicht so schlecht ging wie er glaubte und so traute er sich nach einem langen hin und her doch noch zu gehen.

Meine Gefühlswelt war verwirrend, und ich vermag sie nicht zu beschreiben. Von außen mußte es schlichtweg wie große Müdigkeit ausgesehen haben. Lustlos knipste ich den Fernseher nochmals an. Gerade rechtzeitig um noch die Einblendung des Spielergebnisses mitzubekommen. Newcastle hatte trotz eines komfortablen Vorsprungs mit 3:2 verloren. Manchmal ist das Leben wie ein Spiel und umgekehrt. Ich ging ins Bett und hoffte einschlafen zu können. So sagte ich mir, während ich ins Schlafzimmer schlürfte, dass es doch eine Grenze für Leid geben mußte. Höchstwahrscheinlich war mein Eindruck total verklärt. Schließlich war ich nicht todkrank, hatte kein Krebs oder Aids, oder die Hälfte meiner Gliedmaßen durch einen Unfall verloren. Aber was war das schon für ein Trost? Seien wir doch mal ehrlich. An die Möglichkeit von einer solchen Tragödie heimgesucht zu werden, glaubt man ja eh nie. Dafür krankte mein Geist und es erschien mir, als sei er in den allerletzten Lebenszügen.

In der Nacht träumte ich einen Traum, nicht wirklich, aber wahr. Eine Art Richter urteilte über mich. Sprach mit erhabener, mächtiger Stimme und läuterte mich mit der Realität. Ich war nicht wahr, verkündete er. Ich sei nur ein Betrüger und ein Blender. Alles was mir jetzt widerfuhr, war nur die gerechte und logische Strafe für meine Lebenslüge. Ich war kein Schriftsteller und schon gar kein Dichter. Nur ein kleiner, blasser Mann, der sich des größten Verbrechens schuldig gemacht hatte, sich selbst zu betrügen.

Das war es. Und ich konnte nur nickend zustimmen. Doch begleitete mich noch viel mehr durch diese Nacht. Anschließend hatte ich ein Bild vor mir. So klar und fein wie an einem frühen, sonnigen Morgen. In dieser Vision war meine Psyche etwas festes, eine Art Körper. Sie wurde vom klebrigen, nach ihr greifenden Sumpf der puren Geisteskrankheit festgehalten. Wie in Treibsand gefangen, schien jede noch so kleine Bewegung das unweigerliche Ende nur zu beschleunigen. Die einzig mögliche Rettung befand sich in Form meines Körpers aus Fleisch und Blut am Rande des Sumpfes. Reglos wie der Stein auf dem er saß. Lustlos den Kopf aufgestützt, sah er zu wie sein Geist anfing unterzugehen, taub für die flehenden Schreie des Versinkenden.

Und doch schlief ich wunderbar. So seelenruhig und wohl behütet wie es sonst wahrscheinlich nur Babys tun können. Geschützt durch die Sterntapete, den Teddy an der Seite und den lustig pendelnden Clown über den neugierigsten Augen die es geben kann. Ich hatte nichts von alledem, noch nichtmal die Erinnerung, aber dennoch wagte es kein schlechter Traum, keine Vision in dieser Nacht meine Ruhe zu stören. Entweder das, oder sie waren schlichtweg geschickter geworden. Ja tatsächlich, das wäre das perfekte Leiden. Man merkte einfach nichts davon, spürt praktisch keine Symptome ehe es zu spät ist. Ich wußte überhaupt nichts, war wie zweigeteilt.

Als ich aufwachte stand die Sonne schon recht hoch über der Stadt. Ich blickte auf die Uhr. Es war kurz vor elf. Noch leicht benebelt von so vielen Stunden Schlaf, ging ich in die Küche, machte Kaffee, steckte den altbekannten Toast in den; - ja Toaster und ging derweil nachschauen ob man mir weitere Mahnungen oder sonst irgendwelche netten Mitteilungen hatte zukommen lassen. Der Briefkasten war fast leer. Nur ein kleiner, schüchterner Umschlag hatte sich in die letzte Ecke verkrochen. Doch meiner brutalen Hand konnte er trotzdem nicht entgehen. Gewaltsam wurde er aus seinem blechernen Zuhause herausgeholt. Allein schon wegen des Formates, konnte es keine Zahlungserinnung oder etwas Ähnliches sein und als ich meinen Vornamen entdeckte, wußte ich, dass sie es wieder getan hatte.

Um nachzuvollziehen wie ich mich jetzt fühlte, müßte ich noch vieles über das frühere Leben von Susan und mir erzählen. Wie wir uns kennengelernt und verliebt hatten, welcher Zauber uns ergriffen hatte.
Zunächst waren wir nur Brieffreunde gewesen. Aus der Sehnsucht, endlich jemanden zu finden der einen verstand, die gleichen Gedanken teilte und schlichtweg nicht verwundert darüber war, dass einen das Nichtvorhandensein einer solchen Bindung früher oder später krank machen würde. Uns war soetwas Wunderbares gelungen, wobei ich bis zu diesem Tag davon überzeugt bin, dass es bei mir reines Glück war. Einen Menschen wie Susan konnte man nur lieben. Ich bedauerte stets, dass es für Güte nur dieses eine schlichte Wort gibt. Aber vielleicht ist gerade dies das großartigste. Einen himmlischen Charakterzug mit einem kleinen Wort beschreiben zu können. Ich habe keine Ahnung ob sie wirklich auf der Suche nach einem wirren Schreiberling war, der hier und da versuchte sein verkorkstes Leben auf die Reihe zu kriegen. Doch wir hatten nunmal diese Verbundenheit. So tiefgehend, dass ich zu Anfang fürchtete, alles zuzugeben, ja dass ich sogar der Meinung war, gerade deshalb könnte es nicht klappen, schließlich gab es Momente, in denen ich mich gelinde ausgedrückt, überhaupt nicht leiden konnte.
Die schönste Erinnerung in meinem Leben entstand im Sommer vor zwei Jahren. Wir machten einen fünftägigen Ausflug in die Dünen und seichten Hügel der Nordseeküste. Mit einem kleinen roten Zelt fuhren wir einfach los. Susan hatte damals noch ihren altersschwachen Kombi, der uns in wirklich wichtigen

Situationen jedoch nie im Stich ließ. Wir waren damals seit vier Monaten fest zusammen und schwebten über der Welt mit all ihren Problemen. Alles um uns war nebensächlich. Nur wir beide waren wichtig. Die Welt gehörte uns und wir wußten dieses Privileg zu nutzen. Nichts schmeckt süßer als eine solche Liebe.

Sonnenuntergänge umschmeichelten uns, während wir in dem großen Schlafsack lagen und die Sterne beobachteten. Uns immer wieder über ihre Schönheit unterhielten und voller Bewunderung versuchten passende Worte zu finden. Die Energie hielt uns wach, und mir gelangen Gedichte, wie ich sie wohl nie wieder schreiben werde.

Es war ein einziges Lachen, wenn wir uns am Abend, in diesem herrlichen Licht, durch die gelben Wiesen jagten, uns fanden und dann einfach Stunden aneinander lagen. Abends machten wir große Lagerfeuer, betrachteten die züngelnden Flammen und redeten über einfach alles. Damals waren wir davon überzeugt den richtigen Menschen für eine lange, sehr lange Zeit gefunden zu haben. Zu groß war die Harmonie und Verbundenheit die wir empfanden. Unsere Zukunft schien der ungetrübte Himmel zu sein, der in diesen fünf Tagen über unseren Köpfen rivierablau strahlte.

Der Prozeß der Abkühlung war langsam und schleichend. Ähnlich einer anfänglich belanglosen Infektion, fraß er sich immer mehr in unsere Liebe, vergiftete sie und ließ sie, wie es jetzt aussah, letztendlich sterben. Wie eine prachtvolle Blüte – geblüht hatte sie in strahlender Schönheit, um dann eines Tages verdorrt abzufallen. Aber das war nur die eine, ja verträgliche Seite, unseres Scheiterns. Die andere war brutaler, da einseitiger. Sie gehörte vollständig mir und war ein gesunder Zögling meiner

Eitelkeiten und meines Unvermögens. Aber wer sagt, dass Selbsterkenntnis der erste Weg zur Besserung ist, hat keine Vorstellung davon, wie sehr einen gerade diese Gewißheit zerstören kann. Denn wenn es trotz des Wissens, keine Möglichkeit gibt etwas daran zu ändern, ist man über kurz oder lang dem Untergang geweiht. Es sei denn, man hat Glück und findet noch schnell ein paar andere Gründe, die man hastig vorschieben kann. Soetwas gelang mir allerdings nur selten und so waren ständige Selbstbeschuldigungen meine treuen Gefährten auf diesem traurigem Weg.

Es war nicht so, als brächte ich keine Neugier für diesen Brief auf. Vielmehr war es Angst, die mich lähmte und mich einige Augenblicke stocksteif dort stehen ließ. Erst nachdem ich mir selbst die Bilder der Erinnerung wieder ins Gedächtnis gerufen hatte, ging ich zurück in meine Wohnung und legte den Brief auf den Küchentisch. Mein Toast war herausgesprungen und sah ziemlich verkohlt aus. Irgendwie hatte sich wohl die Stufe verstellt. – Aber was war das schon? Ich setzte mich, den Umschlag immer im Blick. Susan hatte eine so schöne Schrift. Mit diesen kurzen, kleinen Schwüngen wurde selbst mein recht einfallsloser Name noch zu einem schönen Anblick. Mit festem Blick und zitterndem Geist, visierte ich die blaue Tinte an. Innerlich versuchten sich die Wörter aneinander zu reihen, ohne dass ich einen Blick auf den Inhalt geworfen hatte. Ich war mir sicher den Kontext zu kennen, traute mich jedoch noch nicht auch nachzuschauen.

Zwei Stunden näher am Ende hatte ich es getan.

Vielleicht hätte ich noch ein paar Stunden länger warten sollen. Denn dann hätte ich es womöglich geschafft, den gesamten Brief vorauszuahnen. So war zumindest ein Teil davon schockierend genug, um mir eine merkwürdige Art von Schweiß auf die Handflächen zu treiben. Susan schrieb mir, dass es ihr wohl gut tun würde, erstmal von alledem, also mir, Abstand zu gewinnen und auf andere Gedanken zu kommen. Sie machte mir keine Vorwürfe mehr, aber erwartete auch nicht, dass ich mich noch mal ändern würde. Es zerriß mich, als ich ihre Worte laß. Anscheinend war sie auf dem besten Weg über mich hinweg zu kommen. Vielleicht noch ein, zwei Wochen in denen sie von einem schweren Herzen geplagt wurde, doch dann würde es unwiderruflich bergauf gehen. Sie würde an die Oberfläche zurückkehren. Befreit von mir, der sie in dunkle Tiefen gerissen hatte. Die Rückkehr der Meerjungfrau.

Natürlich hatte ich nicht das Glück meine Gefühle und Gedanken nur in eine Richtung gehen zu sehen. Unter dem andauernden Widerspruch, spürte ich Erschöpfung. Ich weinte um Susan und um die Vergangenheit, doch ich freute mich auch für sie und war glücklich darüber, dass es mir zumindest nicht gelungen war unser beider Leben zu zerstören.

Ich ließ Kaffee und Toast stehen, rasierte mich nicht und suchte auch für all die anderen Dinge das Bad nicht auf. In eine Hose geschlüpft und eine Jacke über dem nackten Oberkörper ging ich nach draußen. Es ging ein kräftiger Wind. Selbst hier zwischen den Häusern. So machte ich den Reißverschluß bis ganz oben zu und klemmte mir beinahe etwas von meinem Kinn ein. Gebückt ging ich einfach drauf los. Ich wußte nicht wohin und es war mir auch egal. Genauer gesagt, merkte ich es noch nicht mal. So ging das den ganzen Vormittag. Erst als ich leichte Erschöpfung in meinen Füßen spürte, merkte ich wie weit es mich getrieben hatte. Dies hier war ein Stadtteil in dem ich wissentlich noch niemals zuvor gewesen war. Es war eine wenig einladende Mischung aus Industriegebiet und Altbausiedlung. Man mußte nicht lange suchen ehe man verlassene und heruntergekommene Gebäude fand. Fenster waren mit Brettern vernagelt oder aber eingeworfen worden. Das häßlich grau gezackte Glas verbarg die tiefe Dunkelheit dahinter. Überall sah man alte Schienenstränge, doch auch deren Neue. Auf den teilweise aufgebrochenen Straßen fuhren keine schönen Cabriolets, keine Taxis und erst recht keine Luxuslimousinen. Und auch wenn man hier und da mal einen Rettungswagen erblicken konnte, war das nicht unbedingt ein gutes Zeichen. Die Sonne hatte inzwischen ihren höchsten Stand erreicht und schien auch kräftig. Nur einzelne, zerflossene Wolken trübten den Himmel. Doch durch den Wind, der immer noch in ungebrochenen Böen wehte, war es nicht wirklich heiß. Nur die Augen wurden manchmal durch den grellen Sonnenschein geblendet.

Bei einer kleinen menschenleeren Bushaltestelle setzte ich mich auf die Bank, die zumindest noch teilweise durch ein Dach gegen das Wetter geschützt wurde. Hier war es um ein paar Grad kühler und besonders der Schatten war sehr angenehm. Man fühlte sich fast wie jemand, der in einer feuchten, kühlen Höhle hockt und die Welt draußen im stillen beobachtet. Ich hatte großen Durst. Ich fühlte den Staub, der sich an der Innenseite meiner Kehle abgesetzt hatte. Doch dass ich hier auf die Schnelle einen Supermarkt finden würde, glaubte ich nun wirklich nicht. Ich ruhte mich noch eine Weile aus und ging schließlich weiter. Noch immer dachte ich nicht ans Umkehren sondern folgte einer breiten Straße mit jeweils zwei Fahrstreifen. Große Lkws polterten zeitweise darüber hinweg. Die Anhänger ratterten, fuhren die Fahrer zu schnell über Bahnübergänge oder Schlaglöcher und der sandige Staub wurde nur noch mehr aufgewirbelt. Auch auf meinen schwarzen Turnschuhen hatte sich schon eine kleine Schicht abgelagert. Es gefiel mir. Sah es doch nach Benutzung aus. Nach einem trockenen Tag in den Bergen. Nach schönem Wetter und Frieden.

An dieser Straße waren viele große Häuser. Einige davon waren noch mit roten Ziegelsteinen errichtet worden und hatten sicher mal der Industrie gedient. Vielleicht hatte ja auch ihr Äußeres damit zu tun, dass sie nun nicht mehr gebraucht wurden. Große, matte Fensterflächen wechselten mit den roten Steinen. Bis in zwei, drei Meter Höhe konnte man dazu noch zahlreiche Plakate und Werbeaufschriften entdecken. Doch dass man mittlerweile selbst die Unsitte, verbotenes Plakatieren, eingestellt hatte, zeigten Veranstaltungen die bereits Jahre zurück lagen. Nach einem Blick auf eben diese Plakate, kehrte ich der großen Straße den Rücken zu und schwenkte nach links in eine Nebenstraße ein. Ich folgte ihr, kniff die Augen zusammen sobald ich aufschaute oder hielt mir eine Hand über die Augen. Oft schaute ich jedoch einfach nur auf meine Schuhe und den Boden. Nach einiger Zeit merkte ich, dass es mich noch tiefer ins Industriegebiet verschlagen hatte. Hier wurde im Gegensatz zu meinem bisherigen Weg aber noch gearbeitet. Deutlich waren die Geräusche zu hören, die Züge beim Rangieren und Umkuppeln verursachen. Dickes Metall zitterte, da schweres Gut verladen wurde und Dieselmotoren ächzten unter der Last während dem ersten Anfahren. Ein Güterbahnhof konnte nicht weit vor mir liegen. Ich kam auf eine

Brücke. Sie führte über ein Dutzend Gleise hinweg die wie in einem Tal, ihrerseits durch Betonwände eingerahmt wurden. Der Fußgängerweg war durch eine massive, hüfthohe Wand von der Fahrbahn getrennt. Am äußeren Rand war die Mauer etwas höher und viel breiter. Man benötigte nicht viel Geschicklichkeit um darauf zu balancieren, wie ich feststellen konnte. Nur wenn der Wind mal wieder ein wenig von seiner urtümlichen Kraft spüren ließ, wurde es schwieriger.

Fasziniert blickte ich während dem Gehen nach unten. Es war keine Riesenhöhe, doch zwanzig Meter mochten es sicher gewesen sein. Während der ersten Schritte setzte ich noch vorsichtig einen Fuß vor den anderen Allerdings war das kaum notwendig. Die Brüstung war breit genug. Mit der Zeit wurde ich sicherer und konnte mir sogar die Zeit nehmen um einen Rundblick zu wagen. Auf halber Strecke gefiel es mir dort oben so gut, dass ich mich in einer schnellen Bewegung auf den Hosenboden setzte. Ich legte mir die Hände in den Schoß und blickte still vor mich hin. Besonders früher in meiner Kinderzeit hatte ich zu Höhenangst geneigt, mit den Jahren war sie auf wundersame Weise verschwunden, doch reichte es noch immer aus, um mich die herbe Süße des Adrenalins schmecken zu lassen. Wieder verwirbelte eine Böe meine Haare, blies meine Jacke auf wie einen Ballon und nötigte mich, meine Augen zu schließen. Allerlei Staub und Dreck wurde von den Schienensträngen zu mir herauf gewirbelt.

Ich habe keine Ahnung, wie lange ich dort oben saß, schon damals war mir wohl wieder einmal das Zeitgefühl verloren gegangen. Für mich waren es höchstens fünf Minuten. Doch ein Mann, der mich mit seiner lauten Stimme anschrie, zeigte dass es anders gewesen sein mußte. Er stand unter mir, leicht nach rechts versetzt und trug einen weißen Helm. Er hatte einen mächtigen Bauch, denn seine Füße und Beine blieben mir beinah gänzlich verborgen. Zuerst war ich jedoch noch zu sehr versunken, um zu verstehen was er sagte. Verwirrt blickte ich um mich.

„Ja dich meine ich, du Idiot!", schrie er verärgert zu mir herauf.

Ich schaute ihn nur stumm an. Verwundert was er mit mir zu schaffen hatte.

„Was soll das denn werden, he? Hast wohl die Schnauze voll, wie?" Er lachte und spuckte auf den staubigen Boden. Seine rechte Hand hatte er in die Hüfte gestützt. Mit der anderen schob er seinen Schutzhelm ein wenig zurück um mich leichter beobachten zu können. Er hatte einen großen, schwarzen Schnauzer. Von meiner Warte aus schien er so dicht und auffällig als sei er nur aufgemalt.

„Ich sitze hier nur." , rief ich nach unten.

„Ach so! Ja klar, machst wohl ein kleines Picknick!"

„Könnten Sie mich nicht in Ruhe lassen? - Nur wenn es Ihnen nichts ausmacht!"

Einen kurzen Moment schwieg er, rückte seinen Helm erneut zurecht und schaute sich sonderbar ausgiebig um, ehe er wieder anfing.

„Na los, mein Kleiner, spring endlich! Komm schon, du willst es doch. Wette, du hattest nichts Anderes vor! - Überlege doch mal; - dann wäre alles vorbei! Sofort! Aus! Keine Probleme mehr! "

Ich habe ein verblüffendes Talent. Zu keiner Zeit habe ich wirklich erfahren wie das bei anderen Menschen ist, von daher kann ich nicht beurteilen wie speziell oder normal diese Sache tatsächlich war. Jedenfalls schaffte ich es stets mit Leichtigkeit meine Gefühlswelt durch gesteuerte Gedanken noch zu unterstützen. Ich will ein Beispiel nennen. Wenn mich als Jugendlicher Enttäuschungen in der Liebe plagten, so hörte ich im Geiste Lieder, die mir noch mehr zusetzten. Wenn ich die Welt nicht mehr verstand und sie verabscheute, trieben sofort Bilder der greulichsten Taten durch meinen Geist wie gefährliches Treibgut auf einem ohnehin schon wilden Fluß. Wenn ich dann schon mal auf einer Welle der guten Laune mitschwamm, wenn nichts an meinem Sockel rütteln konnte und ich einfach nur glücklich war zu leben, hatte ich ebenfalls meine Seifenblasen um mich noch besser zu fühlen. Nie konnte ich mich mit einem positiven Gedanken aus Schwierigkeiten herausholen oder zumindest trösten. Ging es mir schlecht so löste mein Geist regelrechte Lawinen negativer Vorstellungen aus, die mich unter sich begruben.

Ein recht starker Windstoß blies mir die Haare aus dem Gesicht und die Jacke wurde jetzt nicht aufgeblasen sondern gegen meinen Körper gedrückt. Es war ein schöner Tag als ich sprang.
So zumindest malte ich es mir in meinem Geist aus. Doch dann, in allerletzter Sekunde schreckte ich dennoch davor zurück. Zwanzig, vielleicht sogar fünfundzwanzig Meter! Das erschien mir nicht hoch genug.
Mit einer ungewohnten Zielstrebigkeit sprang ich auf die andere, sichere, Seite der Brüstung und eilte über die Brücke. Als ich an der unbepflanzten Böschung ein Stück von der Brücke entfernt, zu der Schienen hinunter wollte, verlor ich den Halt und rutschte auf dem Hosenboden über den Erdboden. Einen

schmerzhaften Kontakt zwischen meinem Steißbein und einem Felsbrocken registrierte ich nur sehr kurz. Ich hatte ganz andere Dinge vor und ein seltsamer Stoff, sicher irgendwie verwandt mit dem Adrenalin, pumpte sich in atemberaubender Geschwindigkeit durch meine Adern, bis hin zur feinsten Kapillare.

Es gibt Momente im Leben, wenn man an nichts mehr glaubt und alles nur noch in der nächstbesten Toilette hinunterspülen will, dorthin wo es möglichst niemand findet, da hat man dann doch plötzlich dieses ungemeine Glück. In solchen Situationen kann man es kaum fassen. Ein Zufall, der einfach zu überraschend kommt um wahr zu sein. Er erschlägt einen schlichtweg. Auch wenn einen die Realität in den Hintern beißt.

Meine Wahrheit näherte sich gerade von rechts. Wie ein langer Lindwurm, schob sie sich über die Gleise und Weichen, zog sich durch manche Kurve, so dass die einzelnen Glieder versetzt zu sehen waren. Dies war mein Zug. Der Zug auf dem ich eine schöne Reise in eine andere Welt antreten würde. Mit wehenden Fahnen und dem verzweifelten Warnsignal des Lokführers würde ich diesem ungeliebten Leben ein für allemal Lebewohl sagen. Nicht mehr lange und die weichen Federn der ewigen,...- ach was! Ich hatte keine Ahnung was mich erwartete. Ebensowenig hatte ich ein Bild von einem Ende in dieser Form vor meinen Augen. Demnach war ich etwas unsicher in welcher Art und Weise ich am Besten vorgehen sollte. Ich hatte keine Ahnung wie die Verzögerung von so einem Güterzug war und wollte auf keinen Fall ein Risiko eingehen. Also versteckte ich mich hinter einem Pfeiler der Brücke. So konnte mich niemand, und schon gar nicht der Zugführer, sehen. Ich horchte, lugte hervor und spürte wie sich innerlich vor Anspannung alles zusammenkrampfte, wie mein Herz raste und meine Poren Schweiß ausstießen wie ich es nicht für möglich gehalten hatte. Schon spürte ich die leichte Vibration der Schienen und begann zu rennen. Mein Timing war perfekt. Es paßte einfach. – Wie es schien. Doch dann; ging mal wieder alles daneben. Auch eine dieser Konstanten in meinem Leben. Mittlerweile soll man ja froh sein, wenn man sich auf irgend etwas in dieser Welt verlassen kann. Nur, was wenn es stetiges Scheitern ist? Irgendwie war der Fahrtwind zu stark, er vermasselte mir alles. Nur Pech? Es war als spränge ich gegen eine feste Wand aus wehenden Tüchern. Ich wurde herumgewirbelt und landete zwischen den Rädern. Als sie mir die Beine schräg abtrennten, wurde mein Körper wieder zurück, weg von den Schienen geschleudert. Fast wie ein Geschoß landete ich im Dreck.

In weniger als einer Sekunde war alles vorbei. Bei allem Mißgeschick, in gewisser Weise hatte ich sogar Erfolg. Mein Leben, so wie ich es kannte, sollte für alle Zeit vorbei sein.

Wieder war alles leicht und gleißend hell. Mir war, als würde mein Körper auf einer Art Bahn zu einem noch viel helleren Licht befördert. Ich konnte nichts klar erkennen. Überall um mich herum und sogar in mir, schien dieses Licht zu sein. Es gab weder eine Quelle noch eine Richtung in die es ging. Das Verwunderliche ist die Art, wie ich all das empfand. Es war keine Erinnerung. Nichts was ich irgendwann einmal durchlebt hatte. Vielmehr ein Zustand der einfach da war.

Die nächste wirkliche Erinnerung wurde durch eine große Enge bestimmt. Ich konnte mich überhaupt nicht bewegen. Mein Kopf schien eine zweite Hülle zu haben, die jede Neigung verhinderte. Und auch sonst war ich einfach nur starr. Nur die Hände ließen sich ein Stück drehen. Ich weiß noch wie ich sie bewegte. Wie die Anbauteile eines Küchengerätes rotierten sie so weit es eben ging. Mehr war nicht möglich. Verwirrend fand ich, dass mir diese Einschränkung keine Sorgen zu bereiten schien.

Binnen der nächsten drei oder vier Tage war ich nur ein paar mal und dann nur für kurze Zeit wach. Meistens, als man mich wusch oder mir irgendwelche Medikamente verabreichte. Die Krankenschwestern und Pfleger begrüßten mich immer sehr freundlich, als sie merkten dass ich doch aufgewacht war. Erst am fünften Tag, an den ich mich entsinnen kann, der in Wahrheit aber mein dreizehnter in diesem Krankenhaus war, hatte ich mich soweit erholt, dass mir mein Arzt erklären konnte wie es um mich stand. Ich lag in einem dieser großen Betten die an jedem Eck kleine Motörchen zu haben scheinen und hörte mir seine Erläuterungen an. Überall spürte ich andere Schmerzen und eine andere Art, oder Mittel um diese möglichst gering zu halten. Mittlerweile konnte ich meine Arme wieder frei bewegen. Doch ich lies es die meiste Zeit bleiben. Zahlreiche Schnittwunden zierten meinen Körper und überall spannte die Haut. Das Atmen war ähnlich. Das Bild von einem alten, labberigen Luftballon schwirrte bei jedem Atemzug durch meinen Kopf. Irgendwie hatte sich dort drinnen das Meiste ein wenig verschoben und so brauchte ich viel Ruhe um wieder auf die Beine zu kommen. Na sagen wir besser, wieder gesund zu werden. Denn den größten Teil meiner Beine hatte ich im staubigen Dreck des Bahndammes beziehungsweise dem Operationssaal gelassen. Von der Warte eines Arztes aus betrachtet, hatte ich sogar noch unerhörtes Glück gehabt. Einmal davon abgesehen, dass ich anscheinend zu Gott beten und ihm ewig dankbar sein sollte, dass mich der Zug nicht vollständig in Stücke gefahren hatte, mußte ich auch noch froh darüber sein, meine Retter, oder auch Totengräber, wie ich sie im ersten wachen Moment innerlich nannte, so schnell bei mir *gesehen* zu haben. So hatte ich nicht ganz soviel Blut verloren und auch meine inneren Verletzungen hatte man schnell notdürftig versorgen können.

Dies hatte ich natürlich nicht wahrgenommen und so mußte mich mein Arzt aufklären. Er verdeutlichte mir sehr anschaulich, was mit mir los war und vergaß nicht zu betonen, wie gering die Wahrscheinlichkeit war, eine solche Kamikaze-Aktion zu überleben. Dennoch hatte es den Ärzten alles abverlangt und ihnen gebührte der größte nur denkbare Respekt.

Zumindest, so versuchte mich der Mann mit dem Klemmbrett und den Röntgenaufnahmen zu trösten, hätte meine Wirbelsäule den Unfall relativ problemlos überstanden. Es gab zwar eine gewisse Versteifung zu beklagen, die mein Leben lang anhalten würde, doch war dies noch ein glücklicher Zufall. Denn wenn es in Fällen wie meinem überhaupt noch etwas zu diagnostizieren gab, dann gehörte eine Querschnittlähmung zum Standartrepertoire.

Henry Balderes war ein hervorragender Arzt, jedenfalls soweit ich das beurteilen kann. Er kümmerte sich rührend um mich und war ständig darauf bedacht mich wie einen eigenständigen Patienten und nicht nur einen Namen auf seiner Liste zu behandeln. Er sah in mir nicht nur einen kaputten Körper, eine Maschine aus Fleisch und Blut an der es einiges zu reparieren gab, sondern auch das Wesen Mensch. Schon im ersten Moment als meine müden, noch unter dem Einfluß starker Medikamente stehenden Augen, ihn gesehen hatten, war er mir sehr sympathisch gewesen. Nie kam er ohne ein herzliches Lächeln in mein Zimmer. Nie redete er mit Schwestern oder anderen Kollegen in meiner Gegenwart in diesem schandhaften Ärztelatein. Und wenn er mit mir sprach, war ich Frank und nur Frank.

Später, nach den ersten Tagen, setzte er sich bei seinen Besuchen oft auf die Bettkante und legte ganz natürlich, ohne die kleinste Spur von Scham oder erzwungener Selbstkontrolle, seine flache Hand auf meinen Oberschenkel um gleich darauf zu fragen wie es mir ging.

An einem wunderbaren Morgen, als die Vögel in dem Baum neben meinem Fenster so vergnügt spielten und zwitscherten, als könne mich das allein wieder gesund machen; und die Antidepressiva wirkten als gäbe es kein Morgen mehr, kehrte bei mir sogar ein Hauch von früherem Humor zurück.

„Morgen Frank! Wie geht es Ihnen?", fragte Henry Balderes und kam gutgelaunt auf mich zu. Seine schneeweißen Zähne waren wunderbar anzusehen, gerade wegen des Kontrastes zu seiner dunkelbraunen Haut. Er setzte sich wieder ans Bett, schaute mich an.

„Ach na ja. Falls ich sowas in nächster Zeit wieder vorhabe, muß ich mir zumindest nicht mehr den nächstbesten Ozean suchen. – Da reicht schon 'ne volle Badewanne!"

Henry grinste noch breiter, schüttelte dann aber leicht den Kopf, sodass ich dachte er könnte meinem neu gewonnen Humor nichts Komisches abgewinnen. Dabei haftete daran nicht diese alte, ölige Spur Selbstmitleid wie früher. Obwohl es erst ein paar Wochen her war, wollte ich an diesem Morgen einfach nur etwas Amüsantes sagen.

„Frank, Frank. Im Moment könnte ihnen sogar eine tiefe Pfütze zum Verhängnis werden. – Also, Vorsicht bei Regenwetter!", gab Balderes zurück. Er hatte den Mund zu einer Schnute gezogen und mußte sich scheinbar zusammenreißen um nicht richtig loszuprusten. Und ich glaube, von da an liebte ich diesen Mann.

Doch lassen Sie sich nicht täuschen, den weiterhin waren solche Momente bei mir eine große Ausnahme. Insbesondere wenn die Ärzte es mal ausprobierten die Dosis der Beruhigungs-, und Antidepressionstabletten herabzusetzen, fiel ich zurück in Löcher die keinen Boden zu haben schienen. Ich fühlte mich so unglaublich allein. Außer Ray hatte mich bisher keine Menschenseele, die nicht im Krankenhaus beschäftigt war, besucht. Ich fragte mich, ob Susan überhaupt von meinem Versuch, loszulassen, erfahren hatte. Doch als Ray mal wieder vorbeikam, traute ich mich nicht danach zu fragen. Und von sich aus sprach Ray dieses Thema erst recht nicht an. Die Ärzte hatten ihm Bedingungen für regelmäßige Besuche erteilt und eine davon war, Personen oder Dinge, die mich möglicherweise aufregen konnten, niemals zu erwähnen.

Mein Alltag in der Klinik wurde bestimmt durch blutige und rauhe Routine. Da gab es zunächst mal die Mahlzeiten inklusive Medikamentenausgabe. Das war ganz wichtig und wurde streng kontrolliert. Allein schon die geringste Änderung in der Dosierung konnte für mein Gemüt die verheerendsten Auswirkungen haben. Ein weiterer elementarer Punkt war die Physiotherapie. Wenngleich man es zu Beginn meines Aufenthalts wohl kaum als solche erkannt hätte. Die meiste Zeit lag ich auf einer ISO-

Matte herum, versuchend mich an den unmöglichsten Stellen zu kratzen. Ich mußte auch oft versuchen meine Atmung umzustellen um meine Lungen zu kräftigen. Oder ich bewegte meinen Kopf minutenlang in Kreisbahnen. Erst nach einiger Zeit war ich soweit, damit anzufangen meinen Körper wirklich zu kräftigen und stabiler zu machen. Ich war nie muskulös gewesen und da meine Arme fortan meine Antriebsquelle sein sollten, legte meine Therapeutin großen Wert auf einen durchtrainierten Oberkörper sowie dessen Anhängsel.

An einem Morgen war ich eigentlich zu müde, um auch nur einen Muskel zu bewegen. Dabei hatte ich recht gut geschlafen, soweit ich mich erinnerte. Aber ich fühlte mich einfach schlapp und kraftlos. Dass ich keine Lust hatte war dagegen nichts Besonders. Aber meine Therapeutin war nunmal unerbittlich. Sicher hätte Martina Wouters auch eine hervorragende Rugby-Trainerin abgegeben. Mit einer einfachen Methode. Sie hätte diese harten Jungs erstmal höchstpersönlich auseinander genommen, ihnen vorgemacht wie man einen so richtig von der Seite in den Boden stampfe um danach mit dem Ei triumphierend abzuziehen. Jeden Tag hatte sie diesen blauen Trainingsanzug an, der nicht gerade neuester Mode und obendrein viel zu eng war. Ich glaube, sie hatte mindestens fünf oder sechs von diesen Dingern. Tatsächlich sah ich sie in meinem ganzen Leben nie in einer anderen Kleidung. Es sprengte meine Phantasie bei weitem, wenn ich versuchte, mir dieses kräftige Wesen in einem eleganten Abendkleid vorzustellen. Wie sie sich beim Plausch am kalten Büfett über die neuesten Adelseskapaden, eine neue Haartönung oder den süßen Keyboarder der spielenden Combo informierte. Oh nein, das ging einfach nicht. Auf gar keinen Fall!

„Morgen Sportsfreund. – Meine Güte Sie sehen ja schrecklich aus! Waren Sie gestern noch auf einer kleinen Party oder sowas?", fragte sie, als ich mich schlapp in die Turnhalle rollte.
Meine Miene hätte eigentlich Antwort genug sein sollen. Aber mittlerweile wußte ich, dass sich diese Frau mit einem Schweigen nicht zufrieden gab. Sicher besuchte sie in ihrer Freizeit ständig diese Aufbauseminare, bei denen man massenweise das Selbstvertrauen gestärkt bekommt. Denn davon mangele es bei Martina Wouters sicher nicht.

„Ja klar, ich hab zwei Schwestern auf 'nen Dreier eingeladen und da ist es irgendwie ein wenig spät geworden!"
Angewidert verzog sie das Gesicht und ließ mich für den Moment in Ruhe. Ich konnte sie nicht besonders gut leiden. Was wohl auch daran lag, dass ich sie überhaupt nicht kannte. Doch war ich mir ziemlich sicher darüber, dass ich nicht mit jedem der diesem hilflosen Krüppel unter die Arme griff, eine intensive freundschaftliche Beziehung eingehen wollte. Man kann es sicher Jähzorn und Selbstmitleid nennen. Doch so war es nun mal. Es gab eben Tage, an denen ich alles und Jeden haßte. Und meistens waren es jene, die mit Martina Wouters ihren Anfang nahmen. Sei's drum.
Mit solchen Bemerkungen konnte ich sie mir meistens vom Leib halten und so konzentrierte sie sich wenigstens ausschließlich auf die Übungen. Dazu gehörten Situps um die Bauchmuskulatur zu stärken. Dann gab es noch eine verkürzte Form der Liegestütze, Bankdrücken, Gymnastik und das Dehnen und dann auch noch so schöne

Herausforderungen wie das Barrenlaufen. Diese wunderbare Übung liebte ich besonders und sie lief folgendermaßen ab: Frau Wouters stellte einen Stufenbarren auf gleiche Höhe zu meinem Rollstuhl, half mir hinauf, und dann sollte ich mit ausgestreckten Armen meinen Körper halten und gleichzeitig Bahnen *laufen*. Zuerst war es gräßlich. Es strengte mich zu sehr an und ich fand den Gedanken schrecklich, wie es wohl aussehen mußte, wenn ich dort oben so herum zappelte. Immer mal wieder erwischte ich mich, wie ich verstohlen auf die Scheibe des Büros nebenan schaute, um dabei zu erfahren ob man mich nicht aus den Augen ließ. Merkwürdigerweise entdeckte ich dort in den ersten Tagen nie jemanden. Erst als ich sicherer wurde, es mir besser ging und mir etwaige Beobachter egal waren, sah ich Dr. Balderes hier und da.

In dieser Nacht hatte ich einen intensiven Traum. Es war mein erster wirklicher Traum in diesem Krankenhaus. Obwohl ich das nicht beschwören könnte, denn besonders am Anfang gaben sie mir nachts noch stärkere Mittel damit ich schlafen konnte. Doch Schwören gilt allgemeinhin ja sowieso als Sünde und von dem her ist es dann wohl auch egal. Diesen Traum werde ich so schnell zumindest nicht vergessen. Völlig gleichgültig mit was für chemischen Helferlein ich vollgestopft werde. Ich war in einem Zelt. Ein riesiges Tippi. Es duftete nach allerlei wohlriechenden Dingen. Nach getrockneten Hölzern, einem schönen Feuer und tausend anderen Sachen. Das Licht war dämmrig, da das Feuer in der Mitte eigentlich nur noch die Glut frühere Flammen war. Rote Schimmer an den Zeltwänden ließen die Schatten dennoch lebendig werden. Ich saß weich, viele Felle und etwas, das wie ein Kissen aussah, betteten mich. Erst nach einiger Zeit erkannte ich, dass man mir Gesellschaft leistete. Ich war nicht allein. In der entferntesten Ecke saß ein Mann. Er war alt und hatte unendlich viele Furchen in seinem Gesicht. Man sah wie sich seine Wangenknochen unter der Haut abzeichneten. Die langen, grauen Haare hingen ihm in Strähnen an den Seiten herunter. Doch in seinen Augen lag keine Müdigkeit. Sie waren wach, lebendig und leuchteten heller als die Glut in unserer Mitte.

Völlig unverhofft fing der Schamane an, mit mir zu sprechen. Seine Stimme war rauh und doch so weich wie der Flaum eines neugeborenen Luchses. Und ich verstand jedes seiner wohlgewählten Worte. Das überraschte mich nicht. Doch entgegnete ich ihm mit keiner Silbe. Ich nickte nur und tat das, worum er mich gebeten hatte: Legte mich auf den Rücken und schaute nach oben. Durch die kleine Öffnung dort konnte ich einen sternklaren Himmel bewundern wie ich ihn noch nie gesehen hatte. Wenig Rauch kräuselte sich in schlanken Schwaden hindurch und die Sterne funkelten in kühlem weiß. Der Schamane griff in einen der Lederbeutel, die vor ihm lagen und holte Blätter, Wurzeln und Beeren heraus. Geübt und mit gelassener Überlegung legte er sie zwischen seine Hände und begann damit alles zu zerreiben und zu vermischen. Sofort entfaltete sich der Duft ätherischer Öle die einen belebten und an ferne, schmerzfreie Orte trugen. Dieser Eindruck war so mächtig. Als ich die Luft durch die Nase heftig einsog, war es als würden duftende Wolken mein Gehirn einbetten und vor allem was Schaden bringen konnte, bewahren.

Plötzlich kam der Schamane näher, rückte zu mir. Immer noch hatte er das Gemisch zwischen seinen Handflächen und verhinderte so, dass sich die

Wirkung zu früh entfaltete. Nun wechselte sein Sprechrhythmus. Er bekam singende Höhen und Tiefen. Und ich verstand die Bedeutung längst nicht mehr. Manchmal glich es einem Gebet, dann wie die Ferse eines beschwingten Kinderliedes. Er schaute mich nochmals an und begann dann meine Beine, die nicht da waren mit der feuchten Masse einzureiben. Elektrisierend kitzelte er zunächst meine Fußsohlen und ich konnte es so deutlich spüren! Erst war es heiß und ich fürchtete fast meine Haut würde verbrennen. Doch dann trat eine Kühle ein wie sie vielleicht das Eis Jahrtausende alter Gletscher schaffen kann, doch ich bin mir nicht sicher. Ich sog die gesamte Energie auf und machte sie mir eigen. Doch da war noch so viel mehr. Ich begab ich auf eine weite Reise und währenddessen war ich nicht mehr der selbe oder das selbe?

Ich war ein großer Rabe. Mit gespreizten Schwingen segelte ich auf der Kraft des Windes. Ich sah unter mir Landschaften unsagbarer Schönheit und Wildheit. Als meine krallenbesezten Füße den Boden berührten wurde ich zu einem kleinen Wolfswelpen, das gerade dabei ist die Umgebung zu erkunden und schließlich herausfindet, dass es an diesem merkwürdigen Platz auch Ameisen gibt. In diesem Traum war ich noch vieles. Ein Hase, der sich vor der gefürchteten Silhouette eines Adlers versteckt, das Reh, welches durch das Unterholz dringt um an einem Flußufer friedlich zu äsen. Und dann wieder zu diesem Raben, dem Herrn der Lüfte, dem schwarzen großen Vogel. Interessiert drehte ich meinen Kopf, sah hinunter und erblickte tote Erde. Sah die Grabstätten eines ganzen Volkes, begraben unter Metern von Beton und Mühsal des Vergessens.

Wenngleich sich mein Geisteszustand bisweilen immer noch auf einer turbulenten Achterbahnfahrt zu befinden schien, stellte das Ärztekollegium erfreut fest, dass meine körperlichen Leiden von Tag zu Tag abnahmen. Besonders Henry Balderes schien sich jedesmal wie ein kleines Kind zu freuen, wenn er mir neue Ergebnisse der zahlreichen Untersuchungen mitteilen konnte. Und er war auch der einzige der es schaffte, dass mir diese Neuigkeiten ebenfalls Hoffnung gaben. Bei allen anderen Ärzten, mit denen ich glücklicherweise wenig zu tun hatte, doch manchmal kam es schon vor, sei es wenn ich in einen anderen Raum zu Tests gebracht wurde oder auch in der Physiotherapie, klang alles ziemlich nüchtern und unbeteiligt. Was zugegeben zu einem guten Teil auch an mir lag.

In Kontakt mit anderen Patienten kam ich auch nicht so häufig. Die meisten von ihnen waren einfach nicht so lange da. Wenn sie es waren, dann ging es ihnen meist noch sehr viel schlechter als mir.

Nur mit einem hatte ich etwas, das man als Beziehung bezeichnen kann. Er hieß Thomas und hatte einen schweren Leberschaden. In der Zeit in der wir beide im Krankenhaus waren, trafen wir uns meistens im Fernsehzimmer. Das war ein Raum in dem ein großer Apparat von vielen bequemen Sesseln umzingelt wurde. Wobei man sich ständig um die besten Plätze zankte. Zwar hatten die meisten Zimmer einen eigenen Fernseher, doch waren diese sehr klein und außerdem kam man sich so ungemein abgeschlossen vor. Thomas war ein großer Fußballfan. Ja, ich möchte fast sagen, er liebte dieses Spiel. Aber er war auch ein riesiger Nörgler. Wenn er eine Partie sah, besonders sobald seine Lieblingsmannschaft beteiligt war, verfing er sich in endlosen Analysen und Lästertiraden. Stets hatte er eine bessere Taktik parat, konnte immer noch etwas ergänzendes zur Mannschaftsaufstellung sagen oder wie schlecht der Platzwart den Rasen präpariert hatte. Thomas war siebenundsechzig und einstiger Frührentner. Wir stritten uns oft, doch gerade das war spaßig.

„Thomas ich glaube sie werden's wieder nicht packen!", sagte ich müde lächelnd, als seine Truppe in der 80sten Minute noch immer ein Tor zum Unentschieden fehlte. Thomas saß in dem fast neuen Ohrensessel, den das Krankenhaus von einem freundlichen Spender erhalten hatte. Tatsächlich war es ein ehemaliger Patient gewesen. Ehemalig, weil er hier gestorben war und seine gesamte Einrichtung dem Haus gespendet hatte.

„Oh, ich weiß!", gab er grimmig und hustend zurück. Dabei wackelten seine Backen. Er war lustig anzuschauen. Mit seinem verbliebenen weißen Haarkranz, der nach langem Schlaf in allen möglichen Richtungen abstand.

„Sollten die Flaschen nicht bald besser werden, steigen sie sang- und klanglos ab!", gab ich zu bedenken.

„Ach wir werden's schon noch packen. Dieser blöde Trainer müßte nur mal die richtigen Leute aufstellen. Ich sage dir, dieser Meyers mit der Nummer 12 spielt sie noch alle an die Wand!"

„Nun phantasierst Du aber Thomas. Meyers? Der ist ja schon fast so alt wie du! Also wenn sie sich auf den verlassen, können sie sich schon mal auf den Abstieg freuen!"

Doch an diesem Tag hatte Thomas nicht die rechte Laune für Wortgefechte und gab überraschend schnell klein bei.

„Ach was weißt Du schon." War das einzige, was ich noch von ihm hörte. Still sah er zu, wie sein Team verlor.

Einem meiner Rückschläge kamen die Ärzte und Schwestern im Klinikum erst recht spät auf die Schliche. Während ich mal wieder versuchte, aus mir einen richtig sportlichen Kerl zu machen und im Gymnastikraum Gewichte stemmte, wurde mein Zimmer sauber gemacht, frische Bettwäsche gebracht und auch sonst nach dem rechten gesehen. Soweit geschah es häufiger, alles andere wurde aus einem Zufall heraus geboren. Auf meinem Nachttisch hatte ich eine kleine Blumenvase, in der ich eine einzelne Blume aufbewahrte. Ich hatte sie drei Tage zuvor im Garten gepflückt. Es war eine schlichte Sumpfdotterblume aber sie gefiel mir trotzdem. Vermutlich hätte ich sonst auch darüber gelacht, doch gewisse Medikamente verändern fast alles. Jedenfalls brauchte diese kleine Pflanze wieder etwas frisches Wasser. Julia Van der Mir war ebenso nett wie hübsch. Sie war noch nicht lange im Krankenhaus und ich hatte sie erst vor wenigen Tagen das erste Mal gesehen. Gleichwohl kümmerte sie sich seither um mich und auch meine kleine Vase die alle fünf, sechs Tage eine neue Blume beherbergte.
Sie füllte gerade Wasser ein als die Tür meines Zimmers schnell aufgemacht wurde und Dr. Balderes den Kopf hindurch steckte. Ein wenig zu überraschend, denn Julia rutschte die kleine Vase vor Schreck aus den Händen fiel auf den Boden und zersprang. Es war im Prinzip nur ein schlichtes Glas, trotzdem bückte sie sich eiligst um zu retten was zu

retten war. Dr. Balderes kniff das Gesicht zusammen, als er sah was er angerichtet hatte.

„Oh, tut mir leid! – Emm, wo ist Herr Wojcik?", fragte er schnell und kam nur ein kleines Stück weiter herein. Er war in großer Eile. Julia streckte kurz den Kopf über die Bettkante.

„In der Physiotherapie, wie jeden Mittwochnachmittag Herr Doktor."

„Ach so, ja klar." Er wandte sich schon zum gehen, drehte sich aber doch noch kurz um.

„Entschuldigen Sie bitte das von vorhin!"
Julia nickte versöhnlich lächelnd. Nachdem der Doktor die Tür geschlossen hatte holte sie schnell einen Lappen aus dem Nachttisch und wischte damit das Wasser auf. Dabei kam sie auch ein wenig unter das mit Rollen versehene Schränkchen und schaute verdutzt, als sie dort Widerstand spürte, wo normalerweise nichts als Luft hätte sein dürfen. Sie war schon auf den Knien, zog die Hand zurück und bückte sich noch weiter um darunter spicken zu können. Sie fand einen kleinen Karton der mit Klebeband, das gewöhnlich für Verbände verwendet wurde, am Boden des Nachttisches befestigt worden war. Von wem war keine Frage. Julia gehörte nicht zu jener Art Mensch, denen es Freude bereitet in den Sachen anderer auf Entdeckungsreise zu gehen. Dennoch war ihre Neugier stark und ansonsten roch diese Sache für sie sehr nach etwas das ich nicht hätte tun sollen. Also hob sie kurzer Hand meine kleine Apotheke aus. In dem Pappkarton von der Größe zweier Hände die eine Schale bilden, fand sie genügend Schlaftabletten und Schmerzmittel um mich gleich drei oder viermal auf die andere Seite zu bringen, zu Nirvana ins Nirwana.
Erschrocken machte sie große Augen, schaute sich alles genau an und bekam es mit der Angst zu tun.

Sie konnte mich gut leiden und sicher war ihr auch nicht entgangen, dass ich etwas aufgelebt war seitdem sie mich betreute. Und trotzdem hatte ich diesen Vorrat angelegt, wozu ich mehrere Wochen gebraucht hatte. Mit besorgter Hast steckte sie wieder alles in den Karton und eilte aus dem Zimmer. Das mußte Dr. Balderes unbedingt sehen. Anscheinend hatte sich mein Zustand überhaupt nicht verbessert. Mehr noch, mein Geist war so klar und berechnend, dass ich schon wieder neue Pläne schmiedete mich von dieser Welt zu verabschieden.

Halb außer Atem fand sie ihn, als er mich gerade durch die Fensterscheibe des Büros in der Gymnastikhalle beobachtete. Schnaufend zupfte sie ihre Uniform zu recht und klopfte an die offenstehende Tür.

Ein Räuspern erklang ehe sie fragte: „Herr Doktor, könnte ich Sie mal sprechen?" Jetzt war er es der etwas erschrak. Er hatte interessiert, mit verschränkten Armen hinter der Scheibe gestanden und den Blick streng auf mich gerichtet. Ich lag gerade auf der Bank und drückte Gewichte in die Höhe. Meine Therapeutin stand neben mir und schaute noch genauer hin.

Schnell drehte er sich herum und trat auf die Schwester zu, sodass auch sein Spiegelbild von der Scheibe verschwand.

„Aber natürlich. Worum geht's denn?"

„Könnten wir das hier draußen besprechen?", fragte sie unsicher und blickte ebenfalls zu mir. Nur kurz, doch Dr. Balderes hatte eine hervorragende Auffassungsgabe. Ohne ein weiteres Wort zu verlieren ging er zu ihr und stellte sich neben die Tür. Selbst wenn ich von ihnen gewußt hätte, waren sie so aus meinem Sichtfeld verschwunden.

„Ich war gerade bei Herr Wojcik im Zimmer." Dr. Balderes nickte. Sein Blick drängte Julia fortzufahren.

„Mir fiel doch die Vase aus den Händen, nicht!"

„Ja, ich sagte...."

„Nein, nein! Als ich alles wieder sauber machen wollte, habe ich dies hier gefunden!", sie nahm die flache Hand von dem offenen Karton. Ihre Stirn war in sorgenvolle Falten geworfen. Dr. Balderes schaute ganz genau hin. Äußerlich war ihm weit weniger anzumerken als der jungen Schwester. Doch seine Sorge war nicht geringer.

„Danke, dass Sie gleich zu mir gekommen sind. − Ich werde diese Sache regeln! Das haben Sie sehr gut gemacht. Vermutlich haben Sie jetzt ziemlich viel bei ihm gut."

„Mir wäre es trotzdem lieber gewesen wenn ich das Zeugs nicht hätte finden müssen.", sagte sie und ging wieder zurück. In Gedanken versunken trat er wieder nach hinten ins Büro. Abwechselnd fiel sein Blick auf den Karton in seinen Händen und mich hinter der Scheibe. Ich lag quasi in den letzten Zügen. Die freundliche Dame im Trainingsanzug verstand es wirklich mich zu quälen. Kein Wunder, auf die Frage in welcher Zeit sie sich am liebsten gesehen hätte, gab sie stets die Spanische Inquisition als Antwort.

„Was sollen wir nur mit dir machen Frank." ‚flüsterte Dr. Balderes und steckte meine Apotheke in die große Tasche seines Ärztemantels.

Am späten Abend, kurz bevor für mich der Tag zu Ende gehen sollte, woran ich mich allerdings nie hielt, schließlich hatte ich eine kleine aber ungleich leistungsstarke Taschenlampe, erschien Dr. Balderes in meinem Zimmer. Vermutlich kannte er meine Schwäche für nächtliche Lesestunden, denn er erweckte nicht den Eindruck als glaube er, dass ich schlief

„Frank, ich weiß, Sie schlafen nicht!", sagte er und setzte sich wieder an die Bettkante. Dies war wie immer, doch hörte sich seine Stimme ganz anders an.

„Sie haben mich aufgeweckt!", sagte ich, zum Scherzen aufgelegt und rieb mir wie ein kleines Kind die Augen. „Warum wecken Sie mich so spät, ich brauche meinen Schlaf, schließlich soll ich doch groß und stark werden!" Ich mußte lächeln, doch meine Freude verschwand schnell, als ich in seine grimmige Miene blickte.

„Sie haben aber gute Laune.", sagte ich dennoch und setzte mich auf.

„Es ist nicht so, dass ich keinen Grund dafür hätte."

„Was ist los?" Meine Neugier war ehrlich. Das hieß, ich wollte wirklich versuchen ihm einen Rat zu geben. Er hatte mir so oft Mut gemacht und mir geholfen. Da schien es mir nur logisch, dass ich jetzt mal an der Reihe war.

„Wollen Sie immer noch sterben?" Er schaute mir tief ins Gesicht und holte den ominösen Karton hervor. Das kleine Kästchen stand zwischen uns, nicht nur jetzt. Ich ließ den Kopf sinken und fühlte mich geschlagen, entlarvt und vollkommen besiegt.

„Was ist das für eine Zeit, wo man die Begrabenen beneiden muß."

„Von Ihnen?"

„Nein Goethe."

„Frank, was soll das? Ich dachte, sie wären über den Berg. Wenn es Ihnen so schlecht ging, warum haben Sie mit mir nicht darüber gesprochen. Ich dachte wir würden uns ganz gut verstehen!"

„Ich denke genauso. Dr. Balderes, in dieser Klinik ging es mir noch nie so gut wie heute. Wirklich! Machen Sie sich bitte keine Sorgen!" Ein Blick, der fast aggressiv wirkte, unterbrach mich und ließ mich schnell zur Sache kommen.

„Bitte hören Sie doch zu. Diesen Vorrat habe ich vor einigen Wochen angelegt. Ich hatte ganz vergessen wo er war. Ehrlich, Sie können mir glauben!"
Er musterte mich und versuchte wohl Gründe zu finden, die seine oder meine Gedanken untermauerten. Ich mußte jedoch noch zweimal wiederholen, dass es mir inzwischen relativ gut ging und es keine Gründe zur Besorgnis gab. Erst danach und einer ganzen Weile, die er grübelnd verbrachte, ging er.

„Gute Nacht Frank!"

Am nächsten morgen brachte mir Julia das Frühstück. Auch eine kleine Blume hatte sie dabei. Während ich mir die Sachen auf dem Tablett anschaute, stellte sie die Tulpe in meine neue Vase. Anscheinend hatte ihr Dr. Balderes von unserem Gespräch erzählt. Denn sie versuchte nur zögerlich dieses Thema anzusprechen.

„Ich bin froh, dass es Ihnen wirklich gut geht. Wissen Sie, ich hab den Karton gefunden."

„Aaah."

„Sie sind jetzt sauer auf mich, stimmt's?"

„Nein, nein. Wie könnte ich!"

„Wissen Sie, dass ich ein Buch von Ihnen habe?"
Meine Überraschung hätte nicht größer sein können. Tatsächlich kannte ich niemanden, der nicht zu meinen Freunden gehörte und sich jemals eines meiner Bücher besorgt hatte.

„Tatsächlich?"
Ihre Besorgnis und die Schüchternheit wegen der Entdeckung waren völlig verflogen.

„Ja, es ist *Zehn Tage Regen*. Ich fand es von Anfang an großartig!"

Ich lächelte. „Da haben Sie richtig Glück gehabt. Das ist wohl die einzige gute Arbeit, die mir je gelungen ist. Trotzdem danke für das Kompliment. Nicht dass ich so ein Typ wäre, der die ganze Zeit über hören will wie toll er ist....", ich mußte bei dieser Bemerkung schmunzeln. „...aber warum haben Sie mir das nicht gleich gesagt?"

„Na ja, ich wollte nicht, dass sie denken, ich bin nur nett zu Ihnen, weil Sie berühmt sind!"
Oh je, was machte sie nur mit mir? Man hatte mich ja schon mit vielen Titeln bedacht, doch als berühmt hatte man mich noch nie bezeichnet. Und ich hatte nicht die geringste Chance zu verhindern etwas rot zu werden.

Der schönste Tag in der Klinik war jener, an dem ich meinen eigenen Rollstuhl bekam. Gleichzeitig sollte es aber auch mein letzter mit Henry Balderes sein, und das machte es mir sehr schwer mich ausgelassen zu freuen. Es war später Vormittag, als es an der Tür klopfte und ich bat herein zu treten. Als würde eine unsichtbare Kappelle einen kräftigen Tusch spielen, kamen Ray und Henry hintereinander in mein Zimmer. Ray ging voraus und schob den Rollstuhl präsentierend vor sich her. Es war eines dieser sportlicheren Modelle. Mit niedriger Sitzhöhe und leicht abgewinkelten Rädern. Das Gestänge war in einem schönem, dunklem blau lackiert worden. Bereits von meinem Bett aus war klar, dass dieses tolle Teil jeden Vergleich mit den grauen Krankenhaus Ausführungen, die ich sonst gewohnt war, standhalten würde.
Sie schoben ihn direkt neben mein Bett und blieben stehen. Nur das Salutieren hätte noch gefehlt und man wäre um den Eindruck einer etwas zu klein geratenden Militärparade nicht herum gekommen.

„Morgen Frank. – Und was sagst du?", fragte mich Ray mit leuchtenden Augen. Ich zögerte und schaute ihn mir genauer an, beugte mich über die Bettkante um auch ja kein Detail zu übersehen. Und da passierte es: Ich mußte laut und schallend lachen. Es war ein Lachen, eines das natürlich klang, in dem man keine geheimen Ängste oder den akustischen Beweis sonderbarer Geisteskrankheiten vermutete. Aber dennoch tauschten Henry und Ray, die nebeneinander standen, einen ebenso besorgten wie verwunderten Blick aus.

„Gefällt er Ihnen denn nicht Frank?", wollte Henry Balderes unsicher wissen. Er blickte auch nochmals auf den Stein des Anstoßes hinunter, fand aber keinen Dreck, keine Mängel, die meinen kleinen Ausbruch erklärten. Allmählich bekam ich mich wieder unter Kontrolle, doch genoß ich noch ein wenig den Anblick der beiden, ehe ich etwas sagte.

„Er ist toll!"

„Aha. Sonst ist nichts, warum hast du gelacht?"

„Wirklich, er ist spitze! - Ein richtig toller Rollstuhl!", bekräftigte ich nochmals und machte mich schon daran aufzustehen. Mit ruckartigen Bewegungen setzte ich mich auf und drehte mich um 90 Grad. Meine Oberschenkel schauten schon ein wenig über das Bett hinweg. Ich hatte eine dieser Hosen mit den aufgenähten Taschen an. Solche wie sie in den letzen Jahren überall modern geworden waren. Noch dazu war sie schwarz und ich hatte die Enden der Hosenbeine verknotet. Alles in allem sah ich aus wie der Kriegsveteran einer mysteriösen Spezialeinheit, und das gefiel mir ausgesprochen gut.

„Soll ich das hier eigentlich alleine machen?", fragte ich und machte Anstalten mich wie ein Turmspringer vom Bett abzustoßen. Wahrscheinlich hätte ich es sogar geschafft, denn durch die ständige

Physiotherapie war der Umfang meiner Oberarme deutlich angewachsen. Dennoch wäre ich sicher hart auf dem Hintern gelandet, denn der Rollstuhl stand etwas seitlich versetzt. Hastig, als hätten sie das Startsignal für einen wichtigen Sprint zu spät gehört, kamen sie zu mir. Jeder an einer Seite, griffen sie mir mit einer Hand unter die Oberschenkel, mit der jeweils anderen hielten sie mich unter den Achseln. Gleichmäßig und langsam hoben sie mich direkt in meinen fahrbaren Untersatz. Wobei diese merkwürdige Phrase wohl noch nie so sehr gestimmt hat, wie in diesem Fall.

„Und wie fühlt er sich an?", wollte Ray voller Neugier wissen. Ich ahnte es nur, aber er hatte sich viel Mühe gegeben und lange gebraucht ehe er dieses Modell gefunden hatte. Zwar war es ihm überlassen gewesen den Rollstuhl probezusitzen, doch waren Änderungen oder auch ein Umtausch kein großes Problem. Und das sagte er mir auch.

„Ich werde erstmal ein paar Runden drehen um zu schauen wie er so ist.", antwortete ich und strich langsam mit den Händen über die Reifen und das Schwungrad.

„Na dann los!"

Dr. Balderes ging voraus und öffnete mir die Tür. Zunächst schob mich Ray. Doch nachdem wir draußen auf dem Gang waren, hatte ich freie Fahrt. Griffig quietschten die nagelneuen Reifen, als ich mächtig Schwung holte. Und den beiden einfach so davon fuhr. Dieser graue Linoleumboden war die reinste Rennpiste. Schnell merkte ich, dass mein Freund bei der Auswahl ausgesprochenes Geschick an den Tag gelegt hatte. Einmal abgesehen von der Qualität des Materials, die sowieso außer Frage stand, paßte alles wie angegossen. Nirgendwo drückte etwas oder ließ sich mich eingeengt fühlen.

Ich fuhr schnell an verdutzten Schwestern und Ärzten vorbei, erschreckte ein paar Patienten und hängte noch dazu einen kleinen Jungen ab, der sich in der Eingangshalle für einige Meter ein Rennen mit mir geliefert hatte.

Tatsächlich hätte ich ewig so weiterfahren können. Beobachtend, wie die Wogen der Glücksgefühle sich immer aufs Neue ablösten und jedesmal noch kräftiger wurden. Es gab keine tiefen Täler mehr. Nur noch einen steilen Anstieg. Und ich war bereit bis ganz nach oben zu fahren. Schon sah ich mich als Extremrollstuhlfahrer. Vielleicht würde ich einfach mal quer durch die Niederlande fahren. Mit einer kleinen Fahne an der Seite und allerlei Glücksbringern freundlicher Menschen im Gepäck. Ich fühlte eine Lebenslust wie seit Ewigkeiten nicht mehr. Ja, es war sogar so, dass mir auf Anhieb kaum ein Tag einfiel, an dem ich Ähnliches empfand.

Ich bremste hart und drehte fast auf der Stelle um. So bald wie möglich wollte ich fit und eingespielt genug sein um diesem sportiven Gerät alles abzuverlangen. Es durfte nicht mit Schrittgeschwindigkeit von frustrierten Menschen durch irgendwelche tristen Flure bewegt werden. Lächelnd blickte ich an ihm hinunter. Keine Frage, dies hier war ein Rennpferd, und Rennpferde möchten rennen.

Ein wenig erschöpft aber zufrieden, fuhr ich wieder zurück zu Dr. Balderes und Ray. Sie saßen inzwischen auf einer Bank direkt vor den großen Eingangstüren aus leicht getöntem Glas. Vordringlich sollte man so vor allzu starken Sonnenstrahlen geschützt werden. Nebeneffekt war, dass selbst weniger gutes Wetter wie strahlend schöner Sonnenschein aussah. Ich fuhr nicht sofort hinaus. Gleichwohl ich sie natürlich nicht verstehen konnte, sah ich wie sie miteinander sprachen. Und irgendwie wußte ich, worum es ging.

„Er wirkt unglaublich glücklich?", sagte Ray freudig. Aber auch wenn er sich stets große Mühe gegeben hatte, wußte er selbst am Besten, dass er die Rolle des Tapferen, der beim Anblick seines leidenden Freundes trotzdem standhaft bleibt und unablässig Optimismus verbreitet, nicht allzu lange würde spielen können. Er wollte es, keine Frage, doch zeigten sich hier nunmal gewisse Grenzen auf.
Um so erleichterter mußte er gewesen sein, als er mich in meinem Freudentaumel beobachtet hatte. Henry Balderes nickte wohlwollend. Sein Blick schweifte umher, und er sah aus wie jemand der über etwas sehr Komplexes nachdenkt.

„Ja es ist schön zu sehen wie ausgelassen Frank wieder sein kann." Nun wartete er einen Augenblick ehe er noch das Aber hinzufügte: „Doch auch wenn es im Moment kaum zu glauben ist, liegt noch viel seines augenblicklichen Hochs an den starken Medikamenten. Er wird ja bereits morgen früh in ein Sanatorium überstellt werden, um ihn weiter zu beobachten. Dort wird man auch die Dosen herabsetzen und zwar ziemlich radikal. Jedenfalls zu Anfang. Seine körperlichen Schwierigkeiten konnten wir alle mehr oder weniger beheben, doch wie es um seine Psyche steht, wird sich erst noch zeigen. Wir müssen weiter abwarten Ray."
Die Erleichterung meines Freundes erhielt einen kleinen Dämpfer. Aber Ray wäre nicht Ray, wenn ihn das schon umgeworfen hätte. Zwar wurde er damit auf den Boden der Realität zurückgeholt, eine Realität die ihm sagte, dass es so leicht auch nicht gehen würde, aber aufgeben wollte er so schnell auf keinen Fall.

„Zusammen werden wir das schon hinbekommen.", meinte er und entlockte seinem Gesicht ein flüchtiges Grinsen.

Dr. Balderes lächelte auf seine unnachahmliche Art.

„Bei einem solchen Freund mache ich mir da überhaupt keine Sorgen!"

In der folgenden Nacht konnte ich nur schwer einschlafen. Als wäre es Hochsommer und auch noch nachts über zwanzig Grad, wälzte ich mich herum, drückte das Kissen zurecht oder starrte einfach nur an die Decke. Im Laufe der Wochen hatte ich dieses Zimmer sehr genau kennengelernt. Selbst der kleinste Hubbel der Rauhfasertapete war mir bekannt. Jetzt, da die Trennung bevorstand, war ich fast wehmütig. Obwohl meine Stimmung wohl näher an der Furcht vor etwas Neuem lag, als an wirklicher Bedrücktheit. Ich drehte meinen Kopf zur Seite und schaute durch mein Fenster. Der Mond war nur selten von dünnen Wolken verdeckt. Auch in die dunklen Ecken meines Zimmers warf er sein blaßweißes Licht. Die Konturen verschwammen hier und da. Doch ich hörte, wie die Blätter des Baumes im Wind rauschten. Es dauerte tatsächlich noch volle drei Stunden ehe ich ein Auge zumachen konnte.

Gerettet war ich dadurch aber keinesfalls. Die Fänge dunkler Träume haschten nach mir, und ich glaube kaum, dass ich ihnen bisher auch nur einmal entkommen konnte oder es jemals werde. Dabei war die Stärke der Bilder erneut so unglaublich, das allein dies mich erschreckte. Wie bei meinem Traum mit dem Schamanen, tauchte ich vollkommen in diese Welt ein, verlor mich in ihr und hielt sie für realer als ich es von meinem wirklichen Leben je getan hatte. Dennoch erschien mir alles verlangsamt und gedehnt - wie in Zeitlupe. Es war wohl gerade Sommer, und der ausklingende Tag verwöhnte einen noch mit den schönsten Sonnenstrahlen. Ich war am Strand und lief, ja ich lief! Joggte barfuß auf weichem Sand und konnte die Feuchtigkeit spüren. Konnte fühlen, wie sich der Untergrund zwischen meinen Zehen hindurch drückte. Wie zur Bestätigung senkte ich meinen Blick zu Boden. Was ich sah erfüllte die Augen des Schlafenden mit Freudentränen. Ich blickte auf meine Beine, wie sie arbeiteten. Harmonisch und schön. Immer ein Schritt nach dem anderem. In steter Regelmäßigkeit hinterließ ich Abdrücke, die von der nächsten Woge gleich wieder unkenntlich gemacht wurden. Von lustvoller Freude durchflutet lachte ich nur für mich und bewunderte weiter meine Füße. Ich konnte mich daran nicht satt sehen. Erst nach einer Weile wagte ich es, den nicht minder schönen Sonnenuntergang zu genießen. Immer noch verlief alles langsam. Auch die Geräusche drangen nur gedämpft, wie unter Wasser an mein Ohr. Die Bewegung des Ozeans war ein stilles Wiegenlied, die Laute elegant dahinschwebender Vögel wunderschöne Soli und der Wind, der durch meine Haare fuhr, jene Decke die mich vor allem bewahrt.

Von einem Moment zum anderen wurde mir jedoch bewußt, dass ich all dies nicht für mich allein hatte. Jemand war bei mir, neben mir. Ich drehte leicht den Kopf und blickte versetzt nach hinten. Und dort war sie. Susan lief neben mir. Mit mir. Sie lief und lachte mich an. Ihre Schönheit raubte mir den Atem. Und das Gefühl, einen Mensch so sehr zu lieben, ihm aber dennoch alles vorzuenthalten um zusammen glücklich zu werden, bemächtigte sich meiner verbleibenden Sinne. Doch wir liefen weiter und waren glücklich. Und von diesem Augenblick an, wußte ich, dass es ein Traum war.

Schreiend und weinend wachte ich auf. Meine Laken und das Kopfkissen waren naßgeschwitzt. Keine Spur von der Heiterkeit meines Traums. Es dauerte nicht lange bis zwei Pfleger und eine Schwester in mein Zimmer stürzten und mir ein Beruhigungsmittel injizierten. Ohne war ich nicht zu beruhigen und so bekam ich von allem was danach geschah nicht viel mit.

Am nächsten Morgen fühlte ich mich wieder recht gut und hatte auch kaum Angst vor meinem Umzug. Zumal Ray wieder gekommen war, um mir die Hand zu halten. Dennoch gab es einen kleinen Wehmutstropfen. Etwas Unausgesprochenes. Aber ich fühlte es. Ich wußte, dass Ray etwas bedrückte. Und ich konnte mir auch gut vorstellen, was es war. Er wußte, dass er mich nicht mehr so oft besuchen würde können. Und er befürchtete, dass sich mein Zustand nicht schnell genug bessern würde. Insgeheim plagte ihn die Angst, ich könnte in diesem Sanatorium verrotten. Ich sah in seinen Augen, was in meinen stehen sollte. Ich spürte seine Selbstzweifel und die Ahnung von einem schlimmen Ende.

Dr. Henry Balderes hatte mir wenige Tage vor meiner Reise aufs Land einen Aufenthalt von zwei oder drei Wochen in Aussicht gestellt. Wenn alles so verlief wie er es hoffte und auch glaubte. Danach würde man mich ganz einfach entlassen. Bis auf die regelmäßigen Besuche bei verschiedenen Therapeuten, würde es keine Auflagen für ein freies und sorgenfreies Leben geben. Sicher würde ich mit erheblichen finanziellen Problemen zu kämpfen haben, aber das war mehr oder weniger schon immer so gewesen. Ray hatte außerdem ein Telefonat mit meinem Lektoren geführt, indem er die Versicherung erhielt, mich nach diesem Schicksalsschlag nicht fallen zu lassen. Sicher glaubte Herr Hesselroth fest daran, dass Erlebnisse wie die meinen, nur positiv auf die Phantasie wirken konnten.

So sah das Bild aus, das Dr. Balderes, Ray und teilweise sogar ich vor mir auf eine Leinwand malten. Farbenfroh und optimistisch prangte es in jeder Minute vor meinem geistigen Auge. Doch selten war es dort allein. Manchmal war es ein überdimensioniertes Schlachterbeil, oder auch einfach nur die bloßen Hände. Dunkel und verzerrt. Doch stets die Bewegungen einer schemenhaften Gestalt, die alles zerstörte, zerfetzte. Fließend muteten sie an und ich genoß es zuzuschauen.

Ein Licht umgab mich, das so rein und hell war, dass ich glaubte noch vor dem ersten Schöpfungstag wiedergeboren zu sein. Die Ausgelassenheit der Ausgeglichenheit herrschte über alles. Denn es gab nichts anderes. Ich fühlte mich wie eine gute Seife ....pH-neutral.

Während Frank auf der Intensivstation der Klinik im Koma lag, beobachtete ihn der leitende Arzt durch die Scheibe. Neben ihm stand Susan. Mit verschränkten Armen und roten Augen kämpfte sie gegen die Tränen. Sie konnte einfach nicht glauben, was sie sah. All der Ärger war in diesem Moment so unwichtig. Sie wollte nur eines, das Frank wieder gesund würde. Dann konnte man es vielleicht noch einmal versuchen und wer weiß, warum sollte es denn nicht gelingen, doch noch glücklich zu werden.

Das waren die Gedanken und Hoffnungen, an denen sie sich in den letzten drei Tagen festgehalten hatte. Ein Anruf hatte sie zu Boden geworfen und ihr die Sinne geraubt. Sie war seither kaum von Franks Seite gewichen, konnte es aber noch immer nicht fassen.

„Wie ist das nur möglich? Ich versteh es einfach nicht! Ray hat ihn doch in seiner Wohnung gefunden. Wie kann einem zu Hause soetwas nur geschehen?" Der Arzt hatte sich die ganze Zeit über nachdenklich an der Unterlippe herumgezupft. Jetzt wandte er sich an Susan. Doch in seinem Blick sah man nicht diese rationale Weisheit und Ruhe die vielen Ärzten sonst anhaftet.

„Ich habe ein solches Mißgeschick zwar noch nie miterlebt, doch es sind ähnliche Fälle bekannt. Ihr Freund ist so unglücklich und hart auf den Hinterkopf gestürzt, dass sein Gehirn einen schweren Schaden genommen hat. Wie schwer, können wir leider noch nicht mit absoluter Sicherheit sagen. Doch ich würde behaupten, dass sich sein Zustand nur noch verbessern wird."

Gern danke ich...

Carmelo, Anna, Vera und Gretel, Thomas, Dennis,
Benny, meiner Mutter, Kristin
Elanor, Sara, Denisa

Andreas und ganz besonders auch
Alfred
Maria, Moni, Svenja, Frank

Tina......für Halt und Liebe (hallo Schatz)

Doch gewidmet ist dies Buch nur einem
Menschen...
Meinem Papa
Ich müßte für so vieles dankbar sein und bin es
auch...unsere Kindheit, all die wundervollen
Momente, die Musik, die Unterstützung, das
Vertrauen und so vieles mehr

Von Oliver Russo ebenfalls erhältlich:

- Ein Lächeln von Traurigkeit und Freude -

Eingebettet zwischen die rauhen Gipfel der schottischen Highlands, scheint nichts das Leben von Collin O'Rourke und seiner Familie aus den Bahnen werfen zu können.
Doch dies ändert sich, als ein junger Mann aus dem Süden auftaucht. Und mit ihm die Schatten der Vergangenheit. Schon zeigt die Fassade von Ruhe und Eintracht erste Risse.

ISBN 3 – 8311 – 3392 – 1

Weitere Informationen zum Autor und kommenden Veröffentlichungen finden Sie natürlich auch im Internet unter: www.oliver-russo.org